書下ろし

蜜《みつ》双《すご》六《ろく》

睦月影郎

祥伝社文庫

目次

第一章　淫《みだ》ら母娘に虐《しいた》げられて

一

（三月《みつき》経ったか……。これからどうなるんだろう……）

正助《しようすけ》は、一日の仕事を終えると湯屋へ行って戻り、厨《くりや》の隅で軽く夕餉《ゆうげ》を済ませ、ようやく自分の与えられた二畳間に戻って思った。

まあ、下総《しもうさ》の外れで母と一緒に百姓仕事に明け暮れていた頃より、ここは三度の飯は出るし、雨漏《あまも》りもすきま風もない大店《おおだな》だ。

仕事も、部屋や庭の掃除に蔵の整理などで、泥にまみれていた頃に比べれば身体《からだ》はきつくはない。

きついとしたら奉公人としての気遣《きづか》いだけだ。だが、それが正助には苦痛だったのである。母との二人暮らしの頃は、特に何も話さなくても心が通じ、実に貧しく慎《つつ》ましやかだったが、それなりに幸せだった。

それが昨年の晩秋、母が病死し、正助は一人きりになった。

知り合いの老僧に相談したところ、借りていた田畑も地主に返し、江戸で思い切り自分の力を試し、生き様を切り開けと言われた。

そういえば生前、母も何かと江戸へ出ろと言っていたものだ。何があるか分からないが、今のままでは先に何も良いことがない。

それで亡母の四十九日を終えた暮れ、思い切って江戸へ出てきたのである。

なけなしの金と僅《わず》かな着替えのみ。位牌《いはい》もなければ身一つで、形見《かたみ》といえば首から下げたお守り袋だけであった。

日本橋《にほんばし》の口入れ屋に相談し、ちょうどどの店も忙しい折だったので、ここ神田《かんだ》にある小間物問屋、春日屋《かすがや》に住み込みで奉公するようになった。

切り盛りしている内儀《おかみ》は、三十七になるタキ。大人しく影の薄い夫は婿《むこ》養子で四十になる卯吉《うきち》。

そして十九になる、桃《もも》という一人娘がいた。

他にも住み込みや通いの奉公人がいて、春日屋は多くの大名の子女相手にも商売をし、櫛《くし》や白粉《おしろい》、幼児の玩具《おもちゃ》などを揃《そろ》えていた。

もちろん正助は店には出られず、もっぱら掃除や雑用ばかりである。

やがて忙しい正月を終え、梅見に桃の節句も終え、ようやく一段落したところだ。そろそろタキも、正助に店の仕事を覚えさせようという時期であった。

タキは江戸女らしく、気さくで懐《ふところ》の広い感じの豊満美女だが、桃は大店の我儘《わがまま》育ちで、ぽっちゃり型だが意地悪そうな眼差《まなざ》しをして、何かと正助に辛《つら》く当たっていた。それは奉公人の中で唯一、自分より年下の男だからだろうと思われた。

そして正助が変わったのは生活ばかりでなく、この正月に十八となった彼は、手すさびを覚えてしまったのだ。

今までは母とあばら屋で暮らしていたので、そうした気にはならなかったが、寺子屋の男友達からは、たいそう心地よいのだという話は聞いていた。

寝付けない夜にモヤモヤと勃起してしまい、いじっているうち宙に舞うような快感に包まれ、若々しく熱い精汁を大量に放出してしまったのだ。

そして絶頂の時に思ったのは、観音様《かんのんさま》のように優しく豊満なタキではなく、意地悪な桃だったのである。

桃は、何かと正助を買い物に付き添《そ》わせ、大荷物を持たせて従えるのが好きなのだった。タキに似た美形だが気が強く、親の持ってきた婿養子の縁談も、何か気に入らないところを見つけては断わり続けていた。

買い物の荷物持ちばかりでなく、どうにも月の障《さわ》りでは癇《かん》が強くなり、何かと言いがかりを付けては正助の腕や太腿《ふともも》をつねったり、爪を立てたりしてきた。むろん外から見える顔などにはしない。

月の障りというのは、奉公人の先輩にこっそりもらった春本で覚えたものだ。

そして桃に意地悪をされると痛いのに、なぜか正助は甘美《かんび》な興奮を覚えてしまうのである。

自分でも、意地悪な娘だと内心では毛嫌いしているのに、手すさびの妄想では、つい思い浮かべてしまうのだった。

一度快楽を覚えてしまうと、あとは毎晩自分でいじるようになり、寝しなが楽しみになったほどだ。

それでも、将来が明るくないことは、下総にいる頃と同じであった。

特に商才が秀《ひい》でていれば、いずれは暖簾《のれん》分けという道もあるだろうが、自分には見込めないことだった。

まして桃が自分を婿になどということも有り得ないから、結局は一生飼い殺しになることだろう。

正月に春日屋でも売っていた双六《すごろく》なら、歩みは遅くても、いつかは必ず上がれる。

正助は、まだふりだしにいるのに、何の見通しもない日々に、どうにも張り合いを見出せないのであった。

それでも煎餅《せんべい》布団《ぶとん》に横になると、自然に一物がムクムクと勃起してしまった。

あれこれと先のことなど考えても仕方がない。

とにかく今日も快楽とともに、溜《た》まった精汁を絞《しぼ》り出し、明日に備えて眠るしかないのだった。

しかし寝巻の裾《すそ》を開き、下帯を解《ほど》こうとしたそのときである。

「正助、ちょっと」

タキが来て、襖《ふすま》を細く開けて囁《ささや》いた。

「はい……」

正助は返事をし、弾《はじ》かれたように起き上がって股間を整え、すぐにも部屋を出た。

暗い廊下《ろうか》を進むと、もうタキは一足先に自分の部屋に戻っていた。行燈《あんどん》が点《つ》き、彼女は布団に横たわった。

「ね、うちの旦つくの代わりに足を揉《も》んでおくれ」

「は、はい……」

タキが仰向《あおむ》けになり、脚を投げ出して言う。

今日は、卯吉は夕方から日本橋にある実家に用向きがあって出向き、帰りは明日の昼になるのだ。

それにしても、旦那に脚を揉ませるのが日課らしく、人当たりは良いが心根は桃とそっくりな我が儘娘だったのだろう。

「まずは足の裏からだよ」

いわれて、正助は彼女の足の方に座って屈《かが》み、両の親指で踵《きびす》から土踏まずまでゆっくりと圧迫していった。

「ああ、上手だよ……」

タキはうっとりと言ったが、正助は生まれて初めて女に触れ、いったんは治まった一物が熱くなり、またムクムクと勃起してきてしまった。

タキの足は白く、柔《やわ》らかな足裏はうっすらと湿《しめ》り気《け》を帯びていた。

やがて足裏全体を揉みほぐすと、もう片方の足裏も指圧した。

正助は小柄で、長い百姓暮らしをしてきた割には、肌もすっかり白く戻ってしまい一見華奢《きゃしゃ》に思えるが、それでも力は青瓢簞《あおびょうたん》のような卯吉よりはあるだろう。それに、母親の肩や足を揉むことにも慣れていたのだ。

それでも、やはり心根は母親に施《ほどこ》すのとは全然違い、勃起が治まらなかった。

鼻緒の当たる指の股《また》も念入りに指圧すると、そこはさらに汗と脂《あぶら》の湿り気が感じられた。

「もっと上の方も」

タキが言い、自分で裾を開いて膝《ひざ》から下を露出させた。

微《かす》かに起こる風が生ぬるく彼の顔を撫《な》で、甘い匂《にお》いを感じて胸が高鳴った。

正助は足首から脛《すね》を揉み上げ、滑《なめ》らかな肌と、まばらな脛の体毛の感触に激しく興奮した。

そして両脚とも、丸い膝小僧まで指圧すると、さらにタキが裾を開き、太腿の付け根まで露《あら》わにしてしまったではないか。

「こ、ここもですか……」

「そう、そこもよ……」

白くムッチリした内腿を指して訊《き》くと、タキも内緒話のように声を潜《ひそ》めて答えた。

触れて、指の腹で軽く押すと、熟《う》れた肌の弾力が感じられた。

その柔らかく脂の乗った感触もさることながら、タキは寝巻の下に何も着けていないので、股間まで見えてしまっているのだ。

そろそろと揉みながら、正助の視線は否応《いやおう》なく陰戸《ほと》に注《そそ》がれた。

色白の丘に、黒々と艶《つや》のある恥毛が濃く茂《しげ》り、肉づきが良く丸みを帯びた割れ目からは、貝が舌を覗《のぞ》かせているような桃色の花びらがはみ出していた。

「よく見たいかい」

「え……」

いきなりタキが言い、正助は思わず聞き返した。

「いいよ。もう十八になったのに、まだ女を知らないのだろう。見たいのも無理はないよ。さあ……」

彼女は言い、両膝を僅かに立てて左右全開にしてくれた。

「もっと近くで……」

タキの声は、何やら喘《あえ》ぎを堪《こら》えているように息を詰《つ》めて小さく囁くようだった。

言われるまま、正助は彼女の股間に腹這《ば》いになり、顔を進めていった。

量感ある内腿の間は、熱気と湿り気が籠《こ》もっていた。

「中はこうだよ……」

タキが言って股間に両手を当て、人差し指で陰唇をグイッと広げてくれた。

目を凝《こ》らすと、中は綺麗《きれい》な桃色の柔肉で、ヌメヌメと蜜汁に潤《うるお》っていた。そして襞《ひだ》の入り組む膣口が妖《あや》しく息づき、ポツンとした尿口の小穴も確認できた。

正助は興奮に息を弾《はず》ませながら、春本で見た陰戸と照らし合わせ、付いているものは、ほぼ同じだが、本物の方がずっと艶《なま》めかしく美しいことを知った。

かつて桃が生まれ出てきた膣口も、溢《あふ》れる淫水に濡《ぬ》れていた。

そして割れ目上部にある包皮の下からは、ツヤツヤと光沢あるオサネが、小さな亀頭の形をし、小指の先ほどの大きさでツンと突き立っていた。

二

「アア……、そこもいじって……、優しく……」

正助の熱い視線と吐息を感じるうち、すっかりタキは熱く息を弾ませて言い、白い下腹をヒクヒクと波打たせていた。どうやら最初から淫気《いんき》が高まり、足揉みなんかどうでも良く、無垢《むく》で若い奉公人に手を出したかったようだった。

もちろん正助も、そんなことはあとから分かったことで、そのときは激しい興奮と戸惑《とまど》いに混乱しながら、そろそろと指を這わせていった。

淫水を付けた指の腹で、オサネをそっといじると、それは包皮の中でクリクリと逃げ回るように動いた。

「あうう……、いい……」

タキは激しく腰をよじって呻《うめ》き、さらに多くの淫水を漏《も》らした。

やはり春本に書かれていたとおり、オサネが最も感じるようだった。

「ね、正助、そのお豆を舐《な》めておくれ……」

やがてタキが、息を弾ませて言った。してみると卯吉も、足揉みのあと舐めさせられているのだろうか。

もちろん正助も、春本で陰戸を舐めている男の図があって興奮していたから、今もいじるだけでなく舐めたくて仕方がなかったのだ。

「嫌かい？」

「いいえ、お舐め致します……」

答えて、正助はタキの股間に顔を埋《うず》め込んでいった。

柔らかな恥毛に鼻を擦《す》りつけ、割れ目に舌を這わせた。茂みには甘ったるい汗の匂いが濃厚に籠もり、下の方に行くにつれ悩ましい残尿臭も感じられた。

（これが女の匂いなんだ……）

正助は興奮に胸を震《ふる》わせて思い、熟れた体臭に酔いしれた。そして舌先を陰唇の内側に差し入れると、生ぬるいヌメリが迎えてくれた。

淫水は淡《あわ》い酸味を含み、彼が舌先で膣口の襞をクチュクチュと掻《か》き回し、滑らかな柔肉をたどってオサネまで舐め上げていった。

「アアッ……、気持ちいい……！」

タキがビクッと顔を仰《の》け反《ぞ》らせて喘ぎ、量感ある内腿でムッチリと彼の両頬《ほお》を挟《はさ》み付けてきた。

正助も、自分のような拙《つたな》い愛撫《あいぶ》で大人の女が感じてくれるのが嬉《うれ》しく、夢中になってチロチロとオサネを舐め回した。

「ああ……、上手だよ、とっても……」

タキは声を上ずらせて言い、もっと舐めて欲しそうに股間を突き上げてきた。

正助は執拗《しつよう》にオサネを舐め、吸い付いては大洪水になった蜜汁をすすった。

「あの、こうしてください……」

正助は彼女の脚を浮かせ、恐る恐る言った。

「こうかい？　どうするの……」

タキも自ら浮かせた脚を抱《かか》え、白く豊満な尻を突き出して言った。

谷間には薄桃色の蕾《つぼみ》がキュッと閉じられ、正助は鼻を埋め込んだ。顔中に丸い双丘が密着し、蕾に籠もる秘《ひ》めやかな微香が胸の奥まで刺激してきた。

舌を這わせると、細かな襞の震えが伝わってきた。

「あう……、そんなところまで舐めてくれるのかい……、でも汚いからお止《よ》し……、アア……、でもくすぐったくて変な気持ち……」

どうやら、卯吉もここまでは舐めていなかったようだ。

充分に唾液に濡らしてから舌を潜《もぐ》り込ませていくと、ヌルッとした滑らかな粘膜に触れた。

「く……、いい気持ち……」

タキも息を詰めて呻き、潜り込んだ舌を味わうようにモグモグと肛門で締め付けてきた。正助は内部で舌を蠢《うごめ》かせ、やがて再び陰戸に戻り、新たな淫水を貪《むさぼ》り、オサネに吸い付いた。

「ああ……、も、もういい……、いきそう……」

タキが喘ぎながら言い、とうとう彼の顔を股間から追い出した。舌で気を遣《や》るよりも、もっと良いことを求めたのだろう。

「横におなり」

身を起こしたタキが言い、正助は入れ替わりに仰向けにされた。

そして彼女は、乱れた寝巻を脱ぎ去って全裸になり、彼の帯も解いて寝巻を開き、下帯まで取り去ってしまったのだ。

もちろん若々しい一物はピンピンに勃起し、完全に包皮が剝《む》けて初々《ういうい》しい亀頭が桃色の光沢を放っていた。

「こんなに立っているわ。嬉しい……」

タキは肉棒に熱い視線を注いで言い、屈み込むといきなり亀頭にしゃぶり付いてきたのだ。

「あう……、お、女将《おかみ》さん……」

正助は驚きと唐突な快感に呻き、夢のような状況に身悶《みもだ》えた。

股間に熱い息が籠もり、濡れた唇が亀頭をくわえて吸い付き、内部ではクチュクチュと舌が滑らかにからみついてきたのだ。

しかし、危《あや》うく暴発する寸前でタキがスポンと口を引き離し、すぐにも身を起こして跨《また》がってきた。

どうやら唾液に濡らすだけが目的のようで、タキは自らの唾液にまみれた先端を陰戸に押し当て、ゆっくりと腰を沈み込ませてきたのだった。

だから、しゃぶってもらった快感も、初めての交接の心の準備も出来ないまま、たちまち一物はヌルヌルッと温かく濡れた膣内に呑《の》み込まれていったのである。

「アアッ……！」

正助は喘ぎ、何とも心地よい肉襞の摩擦《まさつ》と温《ぬく》もり、締め付けとヌメリを感じた途端昇り詰めてしまった。さっきは手すさびしようとして、すっかり気持ちの下地が出来ていたのだから、すぐ済んでしまうのも無理はなかった。

ゆっくり快感を味わう間もなく身を強《こわ》ばらせ、彼はそのままドクドクと熱い精汁を内部に漏らしてしまったのである。

「あう……、気持ちいい……」

根元まで納めたタキは、顔を仰け反らせて呻き、キュッと締め付けてきたが、彼が急にグッタリしたので、繋《つな》がったまま身を重ねてきた。

「いっちゃったの……？　入れてすぐに……」

「も、申し訳ありません……」

ガッカリしたように囁かれると、正助は余韻《よいん》に浸《ひた》る暇《ひま》もなく、ただ息を弾ませて謝った。

「いいわ、まだ少し立ったままだから。もう一度中で硬くしなさい。若いのだから出来るでしょう」

タキは言って股間を密着させ、キュッキュッと内部を締め付けてきた。

さらに白く豊かに弾む乳房を正助の顔に迫《せま》らせ、色づいた乳首を口に押しつけてきたのだ。

「お吸い」

言われて、正助は夢中で含み、コリコリと硬くなった乳首を舌で転がしながら吸い付いた。タキも、柔らかな膨《ふく》らみを正助の顔中に押しつけ、なおも膣内を収縮させ続けた。

「ああ……、いい気持ち……、こっちも……」

タキはお歯黒の歯並びを見せて熱く喘ぎながら言い、もう片方の乳首も含ませてきた。正助は顔中に膨らみを受け止め、乳首を吸いながら、すっかり膣内で一物が元の硬さと大きさを取り戻していくのを自覚した。

圧倒してくるように豊満な白い熟れ肌と、ほんのり汗ばんだ胸元や腋《わき》から漂《ただよ》う甘ったるい体臭が、言いようもなく彼の淫気を刺激してくるのだ。女の匂いとは、何と素晴らしいものだと彼は思った。

「ああ……、大きくなってきたわ。嬉しい……」

タキが言いながら、ゆるやかに腰を遣《つか》いはじめ、上からピッタリと唇を重ねてきたのだ。

正助も下から両手を回してしがみつきながら、密着する柔らかな唇を味わい、熱く湿り気ある息で鼻腔《びこう》を満たした。タキの吐息は白粉のように甘い匂いが含まれ、悩ましい刺激が胸に沁《し》み込んできた。

舌が侵入してきたので、正助もチロチロと舐め回し、生温かな唾液のヌメリを味わった。そしてタキの腰の動きに合わせ、彼も少しずつズンズンと股間を突き上げはじめると、

「ンンッ……！」

タキが熱く呻き、チュッと彼の舌に吸い付いてきた。

正助は美女の唾液と吐息に酔いしれながら、次第に股間の突き上げを激しくさせていった。

互いの動きが一致すると、あらためて女体と繋がっているのだという感激と、摩擦快感が得られた。

淫水は粗相《そそう》したように大量に漏れ、彼のふぐりから内腿まで生温かく濡らし、動きに合わせてクチュクチュと淫《みだ》らに湿った音も聞こえてきた。

「き、気持ちいい……、いく……、アアーッ……！」

たちまちタキが口を離して喘ぎ、ガクンガクンと狂《くる》おしい痙攣《けいれん》を起こしはじめた。

同時に膣内の収縮も最高潮になり、その渦《うず》に巻き込まれるように、続いて正助も二度目の絶頂を迎えてしまった。

「く……！」

さっきと違い、今度は大きな快感を全身で受け止めることが出来、正助は呻きながら熱い精汁をドクンドクンと勢いよく内部にほとばしらせた。

「あう……、出ているのね。熱いわ、もっと……」

噴出を受け止めると、タキは駄目押《だめお》しの快楽を得たように呻き、内部に満ちる精汁を飲み込むようにキュッキュッときつく締め付けてきた。

やがて出し尽くし、正助が突き上げを弱めていくと、今度こそタキもすっかり満足したように、熟れ肌の強ばりを解いてもたれかかってきた。

「ああ……、良かった……」

タキが荒い呼吸で呟《つぶや》き、正助も彼女の熱く甘い息を間近に嗅《か》ぎながら、うっとりと快感の余韻に浸り込んだ。

まだ膣内は名残惜《なごりお》しげな収縮を繰り返し、刺激されるたび一物がヒクヒクと内部で跳《は》ね上がった。

「あん……、感じすぎるわ。もう暴れないで……」

タキが言い、脈打つ一物を押さえつけるように、さらにキュッときつく締め上げてきたのだった。

正助は彼女の重みと温もりを受け止めながら、生まれて初めて女を知った悦《よろこ》びを嚙《か》み締めながら、荒い呼吸を繰り返していた……。

三

(うわ、何だ……?)

正助が、店先に水を撒《ま》いていると、目の前に豪華な乗り物が停まり、数人の従者たちが一斉に彼の方を見たのである。

昨夜は図《はか》らずもタキと初体験をし、その余韻がまだ続いているように気持ちが浮《うわ》ついていた。間もなく卯吉も帰ってくるだろうから、店開けの準備を手伝っているところだった。

とにかく、どこかの偉い大名らしいが、正助は店先に膝を突いて頭を下げた。

すると乗り物の戸が開き、誰かが出て、こちらに向かってきたようなのだ。

もう、明らかに正助が目的らしく、何か粗相があったのではと不安になった。

「これ、顔を上げよ」

上から言われ、正助は恐る恐る顔を上げた。すると、四十年配の立派な武士がしゃがみ込み、正助と向かい合っているではないか。

「ははッ……」

「これ、顔を上げよと申すに。お前はここの奉公人か」

「さ、左様《さよう》でございます……」

「名は」

「正助と申します」

「しょうすけとは、どのような字を書く」

「正しく助けるです」

「ふむ、生国は」

「下総の外れの、稲毛《いなげ》村というところにございます」

答えながら、一体なぜ自分がこのような質問を受けるのか、正助は頭が混乱して訳が分からなくなっていた。

「稲毛村？　他に家族は」

「母一人子一人でございましたが、昨年秋に母が死に、暮れに私一人江戸へやって参りました」

「母御の名は」

「光《みつ》と申します。光るという字です」

「左様か……。仕事の邪魔をして相済まなかった」

武士は言って立ち上がり、また乗り物に戻っていった。陸尺《ろくしゃく》たちが担《かつ》ぎ、やがて一行は悠然と立ち去っていったのである。

（な、何だったんだ……？）

正助は連中を見送り、ほっと肩の力を抜いて立ち上がり、膝の土を払ったが、まだ武士に話しかけられた動悸《どうき》が治まらなかった。

そして何とか水を撒き終わり、手桶《ておけ》と柄杓《ひしゃく》を片付けて、店の脇から母屋《おもや》の庭へと回った。

もう庭掃除も終えているので、そのまま縁側から入ると、タキをはじめ奉公人たちが店を開けはじめたようだ。あとは、正助も店に出ることはないので、室内の掃除を順々にすれば良いだけである。

まずは少し休憩しようと、彼は自分の部屋に向かった。二畳間なので万年床《まんねんどこ》と行燈、着替えの入った行李《こうり》があるきりである。

すると、そこに春日屋の一人娘、桃がいるではないか。

「あ……、お嬢様……」

正助は驚いて中に入った。何と桃は、彼が行李の中に隠しておいた春本を開いて見ていたのである。

「い、いけません。そのようなものをご覧になっては……」

取り返そうとすると、桃は春本を後ろに回した。

「お前、こんなものを買って読んでいたの」

「いえ、買ったものではありません」

「では誰からもらったの」

「その、捨ててあったものを拾っただけです……」

「ふん、育ちの悪いものはゴミを拾うような真似《まね》をするのね」

桃は、勝手に人の持ち物を探ったことは棚に上げて意地悪そうに言ったが、気の強そうな眼差しも美しい。

「お大名とも取引のあるうちに、こんな汚らしい本を置いているなんて、おっかさんに言ってお前を追い出してもらおうかしら」

「どうか、お許し下さい」

正助は頭を下げて言ったが、何やら胸の奥が熱くなり、こうして狭い部屋で桃と二人きりでいるのが心地よかった。

「じゃ、私の言うことなら何でもきく？」

「もちろんです」

「じゃ、ここに仰向けにおなり」

桃が立ち上がって言うと、正助も素直に万年床に横たわった。

「私が足の裏をお舐めと言ったら、その通りに出来る？」

「え、ええ……」

普段の、つねったり引っ掻いたりという悪戯《いたずら》とは違う雰囲気を感じ取り、正助はムクムクと勃起しながら答えた。桃も頬を紅潮させ、弾みそうになる息遣いを必死に抑《おさ》えている感じだった。

桃も店には出ず、手習いに言いつかった裁縫《さいほう》などを部屋でしているだけだから、しばし二人が籠もっていても誰も気にしないだろう。

やがて桃が、仰向けの彼の顔の横に立ち、壁に手を突いてそろそろと片方の脚を浮かせてきた。

そして、正助の顔の上にそっと足裏を載せてきたのである。

さすがに体重をかけて踏みつけることはせず、触れた途端に桃はビクリと足を震わせた。

正助は、ひんやりした足裏に舌を這わせ、踵から土踏まずまで舐め上げた。

「ああん……、くすぐったいわ……」

桃は言いながらも足を浮かそうとはせず、むしろ指先で彼の鼻をキュッとつまんだりしてきた。美少女の指の股は汗と脂でほんのり湿り、蒸《む》れた匂いが悩ましく籠もっていた。

その刺激が、鼻腔から一気に一物へと伝わっていくようだった。

「ここもしゃぶるのよ……」

桃は遥《はる》か高みから見下ろして言い、彼の口に爪先《つまさき》を押し込んできた。正助は含んで舌を這わせ、桜色の爪を味わい、全ての指の股を順々に舐めていった。

「アア……、いい気持ち……」

桃はうっとりと喘ぎ、さらに足を交代させ、念入りに足裏を舐めさせてから爪先をしゃぶらせた。

彼女がくすぐったそうに身をよじるたび、裾が揺れて生ぬるい風が正助の顔を撫でた。そして裾が僅かに開き、滑らかな脛や、さらに内部の暗がりが真下から見え、彼はどうにも勃起が治まらなくなってしまった。

思えば、初体験をしたその翌朝に、その女の娘に触れているというのも何やら運命を感じたものだった。

やがて充分に舐めると、桃は足を引き離し、そのまま仰向けの彼の顔に跨がりスックと立って見下ろしてきた。

「お前、あの本に描いてあったように、女のアソコを舐めたいの？」

「い、いえ、まだろくに中身を読んでいないのです……。でも……」

「でも何？」

「お嬢様がしろと仰《おつしや》るなら……」

「そう、お前なら犬の真似が一番合うかも知れないわね」

桃は、少しためらったものの、やがて着物と腰巻の裾をめくり上げはじめ、厠《かわや》に入ったようにゆっくりとしゃがみ込んできたのだ。

白く健康的な脚が付け根まで丸出しになり、しゃがみ込んだため脹《ふく》ら脛《はぎ》と太腿がムッチリと張りつめた。厠の真下からの眺《なが》めはこうであったかと、正助は感動と興奮に包まれながら見上げた。

そして無垢な陰戸が、一気に彼の鼻先にまで触れんばかりに迫ってきた。

ぷっくりした丘には、楚々《そそ》とした恥毛が恥ずかしげに煙《けむ》り、割れ目からはみ出す花びらも可憐《かれん》な薄桃色で、タキよりずっと小振りだった。

さすがに生娘《きむすめ》というのは綺麗なものだと思ったが、股間に籠もる熱気と湿り気はタキ以上だった。

花びらが僅かに開き、奥に無垢な膣口が覗き、ポツンとした尿口の小穴も確認できた。そして包皮の下からは、小粒のオサネが顔を覗かせ、ツヤツヤと綺麗な光沢を放っていて、正助はうっとりと見惚《ほ》れた。

四

「さあ、お舐め……」

桃が言い、さすがに緊張と羞恥《しゅうち》にか細い声になっていた。

それでも自分から、股間を彼の鼻と口に押し当ててきたのだ。正助は柔らかな若草に鼻を埋め込み、生ぬるい体臭を胸いっぱいに嗅いだ。

「嫌な匂いする？」

「いいえ……」

「どんな匂い?」

「汗とゆばりの匂いが控《ひか》えめに……」

嗅ぎながら答え、正助は舌を這わせていった。

舌先を陰唇の内側に差し入れ、息づく膣口の襞をクチュクチュと舐め回し、オサネまでゆっくりたどっていった。

「あん……」

桃が小さく声を洩《も》らし、思わず座り込みそうになり懸命に両足を踏ん張った。

正助は舌先でチロチロとオサネを舐め回し、たまに内部に舌を戻して溢れる蜜汁をすすった。

真下から舐めると自分の唾液が溜まることなく、ジワジワと分泌される様子が分かるようだった。

「ああ……、気持ちいいわ……、やっぱり自分でするのとは違う……」

桃が喘ぎながら言った。

どうやら十九の嫁入り盛りともなれば、自分の指で何度となくオサネをいじり、それなりの快感は知っているようだった。

溢れる蜜汁は、やはりタキと同じように淡い酸味を含んでいた。

「ここもよ……、舐めなさい……」

桃が言って僅かに前進し、彼の口に尻の谷間を押しつけてきた。

正助は、顔中にひんやりする双丘を受け止め、谷間にひっそり閉じられた蕾に鼻を埋め込んだ。秘めやかな匂いがタキよりやや濃いのは、まだ昼前だから用を足した刻限から間もないせいだろう。

とにかく正助は、どんな美女でも美少女でも、みな同じようなものを排泄《はいせつ》するのだということが分かった。そして嬉々《きき》として匂いを貪り、舌先でくすぐるように舐め回した。

「あん、変な気持ち……」

桃がしゃがみ込みながら内腿を震わせて言い、正助がヌルッと舌先を潜り込ませると、肛門でキュッと締め付けてきた。

彼の鼻先は、陰戸から滴《したた》る蜜汁でヌルヌルになってきた。

やがて気が済んだように、桃は再び股間をずらし、またオサネを彼の口に押しつけてきた。

正助も、上唇で包皮を剝き、完全に露出した突起を優しく吸っては、舌先で弾くように舐め続けた。

「あ……、ああ……、気持ちいい……、いきそう……」

桃は声を上ずらせ、しゃがみ込んでいられなくなったように彼の顔の左右に両膝を突いた。さらに前屈みになり、彼の顔の上で亀の子になったように四肢を縮めて快感を受け止めた。

なおもオサネを舌で責め続けていると、

「い、いく……、アアッ……！」

桃が口走り、ガクガクと狂おしい痙攣を起こして気を遣ってしまった。

「も、もういい……」

ひとしきり快感を味わうと、桃が言って自分から股間を引き離し、僅かに身体をずらして正助に添い寝してきた。

そして彼の顔を胸に抱きすくめ、しばし硬直しながら荒い呼吸を繰り返し、時に思い出したようにビクッと全身を震わせていた。

胸に抱かれながら目を上げると、すぐ近くに桃の形良い唇が迫っていた。

開いた間からは、ヌラリと光沢ある歯並びが覗き、熱く湿り気ある息が遠慮なく彼の顔中に吐《は》きかけられていた。それは胸の奥が溶《と》けてしまいそうに、甘酸《あまず》っぱい果実のような芳香だった。

正助は彼女の呼吸が整うまで、じっと美少女の吐息を嗅ぎ、このまま暴発してしまいそうな興奮に包まれていた。

「ああ……、気持ち良かった……」

ようやく息遣いが戻り、桃は言いながら、思い出したように彼の顔を胸から突き放した。

「お前も出してごらん。いつも自分でしているんだろう？　見ていてあげるから」

桃が言い、促《うなが》すように小突いたので、正助も仰向けのまま裾を開き、下帯を解き放って勃起した一物を露出した。

「すごい、立ってるわ……。お前、私に淫気を？」

「そ、それは、美しいお嬢様の陰戸を舐めたから、男なら誰でもこうなります……」

「そう……」

言うと、桃は満更《まんざら》でもないように答えた。

「さあ、いつものようにしてごらんよ。先っぽから精汁が飛び出すんだろう？」

桃が添い寝したまま言う。

さっき見た春本の知識ではなく、前から手習いの仲間などと、女同士でもかなり際《きわ》どい話題で盛り上がっていたのだろう。

正助も、手を伸ばして幹を握《にぎ》り、自分で動かしはじめた。

「ふうん、そうやるのね。私がしてあげた方が気持ちいいだろうけど、絶対に触りたくないわ」

「はい、構いません。その代わり……、唾《つば》を飲ませて下さいませんか……」

正助はしごき続け、興奮しながら恐る恐る言った。

「なぜ」

「口吸いは出来ないとしても、垂《た》らすだけなら構わないかなと思って……」

「いいわ、それぐらいなら」

桃は言い、上から屈み込んで愛らしい唇をすぼめた。そして白っぽく小泡の多い唾液を覗かせるなり、トロリと吐き出してくれた。

それを舌に受け、正助は生温かく適度な粘《ねば》り気を味わってからコクンと飲み込み、うっとりと酔いしれた。同時に右手の動きも激しくなっていった。

「先っぽが濡れてきたわ。これが精汁？」

「い、いえ、それは先走りの汁で、精汁は白くて勢いよく飛ぶのです……」

正助は快感に息を弾ませながら言った。

「ど、どうか、もっと出して下さいませ……」

美少女の唾液を求め、声を上ずらせて言うと、桃は口をすぼめ、今度はペッと勢いよく彼の顔に吐きかけてきたのだ。

生ぬるい唾液の固まりが鼻筋を濡らし、頬の丸みをトロリと伝い流れた。同時に感じる甘酸っぱい息の匂いに、あっという間に正助は絶頂に達してしまった。

「い、いく……！」

突き上がる快感に呻き、正助は身を反らせて勢いよく射精した。

「まあ……！」

見ていた桃は声を洩らし、脈打つような噴出に目を凝らした。

正助は快感に酔いしれ、最後の一滴まで出し切ると、全身の硬直を解いてグッタリと身を投げ出した。

そして荒い呼吸を繰り返し、桃の視線を受けながら余韻を味わった。

「すごい勢いだわ……」

桃は言い、正助が濡れた手を離して懐紙を探ろうとすると、桃が懐中から出して手渡してくれた。

「済みません……」

正助は礼を言って指と一物を拭《ふ》き清め、桃も立ち上がって髪と裾を直した。

彼もようやく身を起こし、下帯を着けて着物を整えた。

「お前、これ何。綺麗な刺繍《ししゅう》……」

と、桃が気づいたように正助が首から下げているお守り袋を指して言った。

「これは、母の形見です……」

「見せてごらん。中も見てみたいわ」

「い、いけません。母の遺言《ゆいごん》で、開けると御利益《ごりやく》が消え失せるからと固く」

「お前、私の言うことがきけないの！」

桃は、もう興味が淫らな方から彼のお守りの赤い刺繍に移ったようだった。

「本当に、こればかりは駄目です」

「正助、お前私に逆らうのね！」

「駄目です。お断わりします！」

正助も、母まで汚《けが》されるような気がして強く言い、お守り袋を押さえながら桃を睨《にら》み付けた。

「お前、追い出されたいのね。おっかさんに言いつけるわ……」

桃は正助が初めて見せた剣幕に驚き、涙目になって言うなり、逃げるように部屋から出て行ってしまった。

正助はほっと力を抜き、お守り袋を着物の中にしまった。どうせ桃も、淫らなことをした手前、タキには言いつけられないだろう。

やがて呼吸を整えると、正助は掃除に戻ったのだった。

五

「正助、ちょっとおいで」

店の方からタキに呼ばれ、彼はビクリとした。

あれから掃除をし、厨の片隅で昼餉を終え、休憩しているところだった。

（まさか、お嬢様に言いつけられたかな……）

いつになく硬いタキの声音《こわね》に正助は思いながら、恐る恐る店の方へと行った。

すると一人の客がいて、正助を見ると会釈《えしやく》した。まだ三十前の、顔立ちの整った清楚《せいそ》な武家女である。

「こちらは、生田《いくた》藩の千賀《ちが》様という方で、一両分の紅《べに》白粉をお屋敷に届けて欲しいと仰るんだよ。お前が行っておくれ」

タキが言い、横では卯吉も身を小さくして恐縮していた。

どうやら、もう一両受け取ったようで、すでに荷も包んであった。

「初めての取引のお大名のお屋敷だから、本当なら私が行くべきだけれど、先方様がどうにもお前にって名指しで」

「左様でございますか。ならば行って参ります」

名指しというのが気になるが、正助は返事をした。

「どうか、くれぐれも粗相のないようにね」

言われて、正助は店で草履《ぞうり》を履《は》き、荷を持って外に出た。

「では、あちらに」

千賀という武家女が優雅に言い、表通りに案内した。すると、そこに二挺《ちょう》の駕籠《かご》が用意されていたではないか。

「こ、これで行くのですか……」

「どうぞ、そちらに」

千賀は言って、先の駕籠に乗り込んだ。

正助も後ろの駕籠に入って座り、膝に荷を置いて左手で押さえ、右手は下がっている紐《ひも》を摑《つか》んだ。

もちろん駕籠に乗るなど生まれて初めてだ。

やがて駕籠が浮いて走り出したので、振り返ると、タキが心配そうに見送り、その後ろからは桃もこちらを見ていた。

僅かに腰を浮かせ、揺れる身体を紐に摑まって支えた。慣れないので少々疲れるが、思っていた以上に速い。上下しながら後方に走り去っていく景色を見ると酔いそうなので、彼は終始俯《うつむ》いていた。

駕籠は賑《にぎ》わう神田明神《みょうじん》の横を抜け、急に静かになった湯島《ゆしま》に近づいたところで停まった。歩いてもわけのない距離であるが、駕籠を降りて見ると、そこは武家屋敷の門前だ。

「か、勝手口ではないのですか……」

「どうぞ。ここから」

千賀に案内され、厳《いか》めしい門番の横を通り過ぎて中に入った。石畳が長く続き、よく手入れされた庭も広大である。

そして屋敷の玄関から上がり込むと、千賀が彼の荷を受け取り、豪華な座敷に招《まね》き入れた。

「少しお待ちを」

言い、千賀は荷を持って奥へ行ってしまった。

落ち着かないが、とにかく座布団があったのでそこへ座った。

豪華で柔らかな綸子《りんず》の座布団なので、あるいは当主が座るものかと思って腰を浮かせかけたが、すぐに襖が開かれ、今朝がたに会った立派な武士が、裃《かみしも》姿で入ってきたのである。

慌《あわ》てて座布団を譲ろうとしたが、彼は手で制しながら向かいに座って言った。

「呼びだてして済まぬ。少々話を聞きたいのでな」

「はあ……」

穏《おだ》やかそうな様子に、正助も少し安心しながら曖昧《あいまい》に返事をした。

「わしは当藩の江戸家老、三浦征之進《みうらせいのしん》」

家老と言えば、相当に偉いのだろう。正助は身を引き締めた。

「我が生田藩は、下総にある一万石の譜代大名。ご当主は二十歳《はたち》になられる生田良明《よしあき》様、ところが病弱のため、お城に許しを得て、今朝ほど国許《くにもと》の陣屋敷へ帰られた。それを見送りに行った帰り、そなたに出会《でお》うたのじゃ」

「左様でございますか……」

要領を得ないまま、正助は小さく言った。

征之進は続けた。

「このまま、若殿が身まかられるのではないかと、連日重役会議を開いたが、お子も縁戚もないゆえ埒《らち》があかぬ。しかし国家老よりの報《しら》せで、先代の殿、正良《まさよし》公が手を付けた女中がおったが側室たちに辛い目に遭《あ》わされ、子を生んで陣屋敷を出たという。その女の名が光」

「え……」

正助も、ようやく話の流れが分かってきた。

「稲毛村なら、我が領内の外れ。光の親類縁者もいないようだったが、住職が相談に乗り、小さな田畑を貸すよう庄屋に渡りを付けた」

「…………」

「何か、母御から聞き及《およ》んでいないか」

「いいえ、何も……」

「形見のようなものは」

「お守り袋だけです」

「見せてくれぬか」

さすがに偉い武士に言われたのだから断わることも出来ず、正助も首から外して差し出した。

征之進が開いて中身を出した。それは上総《かずさ》にある神社のお札。そして紙片が折りたたまれていた。

開くと、征之進の顔色が変わった。

「何か……」

「これを見ませい」

征之進が差し出してきた。それには、こう書かれていた。

『命名　正助　文化《ぶんか》八年辛未睦月《しんびむつき》吉日　生田正良　花押』

正助は、目を丸くした。

「し、しかし母は、決してお守りを開けるなと……」

「それは、迷いがあったのだろうと思われる。開くなと言いつつ、捨てるなとも言わず、何が幸せかは定めの波に任せようとの母心ではないかと」

征之進が、感極まったように声を詰まらせた。

「ああ……、それにしても、瀕死《ひんし》の若殿を見送ったその帰り、たまさか目に留《と》まったその方の顔立ちが、何やら若殿やご先代に生き写しだったため、思わず声を掛けたのも何かの導き……」

言いながら、征之進ははらはらと落涙した。

「女中奉公していたお光が孕《はら》むと、他の女たちは、どうせ中間《ちゅうげん》あたりと密通したのだろうと噂《うわさ》したようだが、先代の正良公だけは分かっていた」

「…………」

「それで、自分の名を一文字与え、何かの折には訪ねるよう言い置き、お光に暇《いとま》を出したに違いない。しかしお光は気丈にも誰にも頼らず、百姓仕事をしてその方を育て上げたのだ。何が幸せかは、おのれで見極め、切り開けと……」

征之進は言い、懐紙を出して涙を拭《ぬぐ》い洟《はな》をかんだ。

「そ、それで、私はどうすべきでしょう……」

正助は、混乱しながら恐る恐る言った。

「ご落胤《らくいん》とはっきりした以上、もう春日屋の奉公はお取りやめ頂きます」

征之進が言葉をあらため、いきなり後ずさって平伏した。

「お、お待ち下さい……」

「誠に悲しきことなれど、若殿様の余命は見込み薄く、今日明日にも予断を許さぬ有様。正助様には、わが生田藩の命運を担って頂くことに」

「そ、そんな……」

正助は、立派な武士に平伏され、戸惑いに全身を震わせた。

「も、もう春日屋へは帰れないのですか……」

正助は、このまま屋敷に監禁されるのではという不安を抱いて言った。

「いいえ、今日にもいったんお帰り願います。私も一緒に行き、夫婦に説明をし、仕度《したく》を調《ととの》えたのち、あらためてお迎えに参上つかまつりますゆえ」

言われて、正助は少しほっとした。

「これで、つつがなく阿部《あべ》家の姫君を迎えることが出来る……」

征之進も、ほっとしたように呟いた。

「え……？　姫君……？」

「左様にございます。若殿、良明様には雪《ゆき》姫という許婚《いいなずけ》がございました。ご病気のため遅延しておりましたが、これにて阿部家との約定も違《たが》えず、面目を施すことが出来ます」

要するに、個人同士ではなく家同士の約定ということなのだろう。

「では暫時《ざんじ》お待ちを。後ほどご一緒に春日屋へ」

征之進は言い、恭《うやうや》しく辞儀をしてから部屋を出て行った。

（一体、どうなってしまうんだ……）

正助は肩の力を抜き、嘆息《たんそく》して思った。

何やら、ふりだしと思っていたのに、まだ賽《さい》も振っていないのに、いきなり上がってしまったような気持ちになった。

やがて呼ばれると、正助は豪華な乗り物で、征之進とともに神田の春日屋へと戻っていったのだった。

第二章　わがまま美少女の蜜汁

一

「え……！　正助がお大名のご落胤《らくいん》……？」

タキが目を丸くし、声を震《ふる》わせて言った。

それでなくとも、店の前に豪華な乗り物を待機させ、家老の征之進が正助とともに入ってきたのだから度肝《どぎも》を抜かれていただろう。

卯吉は恐縮しきって身を縮《ちぢ》めたが、さすがにタキは気丈に応対していた。さらには、襖《ふすま》の陰から桃が聞いていて、息を呑《の》む気配も伝わってきた。

「左様《さよう》、それはご先代の書き付けもあり、間違いのないことである」

「そ、それは雇《やと》うときから、正助、様はどことなく品のあるお顔立ちとは思っておりましたが……」

タキが取り繕《つくろ》うように言い、征之進が続けた。

「それゆえ正助様の奉公は今日で終わり。数日後に迎えに来るまで、お預かりの身として頂きたい。これは支度《したく》金と、今まで世話になった御礼」

征之進が、五十両はあろう小判の包みを差し出した。藩が潰れ、多くの藩士が路頭に迷うことを思えば、安いものに違いない。

「そして正助様のご意向でもあるので、今後当藩の女子《おなご》には、当店の紅白粉《べにおしろい》を贔屓《ひいき》にするのでよろしく頼む」

「ははーっ……」

タキが平伏すると、卯吉もオドオドとそれに倣《なら》った。

「では、諸事万端整うまで、今しばらくお預かり願いたい。くれぐれも粗略に扱うことのなきよう」

征之進は言い、腰を上げた。

やがて皆で、乗り物で帰って行く征之進を見送ると、タキはバタバタと店仕舞いをした。

「桃！　正助、様のお布団《ふとん》を客間へ、いいえ、新しい布団をお出し。着物と寝巻と下帯も！」

タキがてきぱきと桃に言いつけ、正助を再び座敷に座らせた。

「全く、驚いたねえ。正助、様がお大名だったなんて……」

タキが言い、正助も恐縮した。

「どうか、迎えが来るまでは今まで通り、正助と呼んで下さいませ」

「そうはいかないよ。でも、つい習慣で正助と言ったら勘弁して下さいましよ。そこで相談なのだけれど、うちの桃が許婚《いいなずけ》だったと、ご家老様に言っておくれでないかい？」

「おい、お前……」

卯吉がさすがにたしなめようとしたが、タキは一瞬で先々のことに思いを巡《めぐ》らせたようだった。

どうやらタキの願いは、大名と親戚になることらしい。桃が正室にでもなれば、店の跡継ぎは夫婦養子でも貰《もら》い、いつまでも武家との繋《つな》がりが持てるだろう。

正助は、タキが混乱の中でそんな思いを持ったことに感心した。

「い、いえ……、若殿には許婚の姫様がいたようです。その姫が、私に嫁《とつ》ぐらしいのです……」

「あら、そうだったのかい……」

正助が言うと、タキはがっかりしたように肩を落とした。

と、廊下《ろうか》に立って盗み聞きしていた桃が、いきなり姿を見せて言った。

「それは良かったわ。私は正助なんかと一緒になる気はないから！」

「桃……」

タキが驚いて言うと、桃はベソをかいて、逃げるように自分の部屋へと行ってしまった。

「困った子だねえ。どうか、御無礼はお許し下さい」

「いえ……」

「年頃の娘というのは、時に心根とは反対のことを言うものでして」

タキは嘆息《たんそく》して言った。

「それにしても、お大名の若殿とは……」

「私も、いきなりのことで驚いているのです。本当に、せっかく雇って頂いたのに、ろくに働かぬままご迷惑を……」

「そんな、迷惑だなんて」

タキは言い、チラと金の包みを見た。

「まあ、目出度《めでた》いことには違いないよ。正助、様もこき使われて嫌なこともあっただろうけど、ご家老様に言ってうちを藩の御用達《ごようたし》にしてくれるようだし」

「いいえ、私に出来ることはそれぐらいですので」

「有難うございます。今夜はご馳走《ちそう》にしましょう。お前さん、若殿様とお湯屋へ行っておいで！」

タキに言われ、卯吉がビクリと顔を上げた。

「じゃ、参りましょうか」

「か、畏《かしこ》まってございます……」

正助が言って立ち上がると、卯吉はオドオドと付いてきた。

やがて二人は湯屋へ行き、ゆっくり浸《つ》かってから日暮れに戻ると、すっかり夕餉《ゆうげ》の仕度が調《ととの》っていた。他の奉公人たちも驚き、急いで酒や肴《さかな》を取り寄せたようだ。

そして奉公人たちも集めて宴会を始め、上座に座らされた正助はどうにも居心地が悪かった。

「やっぱり、余は退屈じゃ、とか何とか言うのかねえ。言ってごらんよ」

「そんなこと言えません……」

タキが言い、正助が困ったように答えると皆笑った。

彼女の性分なのだろう。何やら身内が急に出世したように扱ってくれるのが正助には面映《おもは》ゆく、また有難かった。

しかし桃の姿だけは見えないので、そっと訊《き》いてみると湯屋に行ったようだ。

やがて切りの良いところで宴会もお開きとなると、正助はいつもの二畳間ではなく広い客間に通された。

行燈《あんどん》に灯《ひ》が入れられ、豪華な布団が敷《し》かれていた。

正助は自分の部屋が良いと言ったのだが、タキは許してくれず、新品の寝巻も出してくれていた。

寝巻に着替え、行燈の灯を消そうとすると、そのとき襖が開いた。

「お、お嬢様……」

正助は驚いて言った。桃も、真新しい寝巻を着て、恭《うやうや》しく中に入り、膝《ひざ》を突いて襖を内側から閉めた。

「そう、おタキさんに言われてきたのですね」

正助は察し、行燈は消さないまま掛け布団をめくり、先に横になった。

どうやらタキは、桃を差し出し、やがて正助が娶《めと》る正室より先に孕《はら》ませようという肚《はら》らしい。

そうすれば側室としても屋敷に入れるだろうし、のちに正室が男子を産まず、桃が産めば血筋のものが大名になるかも知れないのである。

「嫌だったら、戻っていいですよ」

「い、嫌じゃないわ……」

言うと、桃は俯《うつむ》きながら小さく答えた。

「じゃ、何でも私の言うことをきいてくれますか」

「はい、何でも……」

立場が逆転して、桃はいつになく素直だった。

タキに懇々《こんこん》と言い含められたせいもあるだろうが、もともと正助のことは嫌いではなかったのだろう。

気になるから意地悪をしていたのだろうし、先日は一瞬にしろ彼を胸にきつく抱きすくめたのである。

「じゃ、また私の顔を踏んだり跨《また》いだりして下さい」

「どうか、苛《いじ》めないで……」

しおらしく言う桃の様子に、正助はムクムクと激しく勃起してきた。

「困ったでしょう。私が急に武士になってしまって」

言っても桃は答えず、布団の横に端座しているだけだった。

正助は帯を解《ほど》いて寝巻を開き、下帯を取り去って屹立《きつりつ》した肉棒を露《あら》わにした。

「お口でして下さい」

「は、はい……」

正助が興奮と期待に胸を高鳴らせて言うと、桃も小さく頷《うなず》いてにじり寄ってきた。

別に、仕返ししたいとか苛めたいという気はないが、まず激しい高まりを鎮《しず》めたかったのだ。

「口に精汁を出すので、飲んでくれますか」

「ど、どうか、交接してお情けを……」

正助の言葉にビクリと反応しながら、桃が答えた。やはり孕みたい気持ちがあるようだった。

「二度目は、ちゃんと交接しますから、一度目は口で」

「分かりました……」

桃は、屈辱《くつじょく》を感じているふうもなく、ただ羞恥《しゅうち》に頬《ほお》を強《こわ》ばらせ、やがて大股《また》開きになった彼の股間に身を置き、屈《かが》み込んできた。

「先に、ここから舐《な》めて下さい」

正助は言って自ら両脚を浮かせて抱《かか》え、桃の顔に尻を突き出した。

桃も、黙って顔を寄せ、チロリと伸ばした舌で彼の肛門に触れてきた。

「ああ、気持ちいい……、もっと中まで……」

正助は、尻に感じる熱い息と滑《なめ》らかな舌に喘《あえ》いだ。

まさか、我《わ》が儘《まま》でお高いお嬢様に、このようなことをさせる日が来るなどとは夢にも思わなかったものだ。

桃は息を詰《つ》め、チロチロと舌を這《は》わせてから、ヌルッと浅く潜《もぐ》り込ませてきた。

二

「く……、もっと深く……」

正助は、申し訳ないようなゾクゾクする快感に呻《うめ》き、侵入した桃の舌をモグモグと肛門で味わうように締め付けた。

桃も懸命に内部で舌を蠢《うごめ》かせ、熱い鼻息でふぐりをくすぐってきた。一物は、まるで内側から操《あやつ》られるようにヒクヒクと上下した。

やがて充分に堪能して気が済むと、と言うよりも、さらなる快感を求めて正助は脚を下ろした。

「ここも舐めて……」

ふぐりを指して言うと、桃も肛門から舌を引き離し、熱い息を籠《こ》もらせながらチロチロと袋全体を舐め回し、二つの睾丸を転がしてくれた。

「ああ……」

今度は桃の鼻息が肉棒の裏側をくすぐり、正助は幹を震わせて喘いだ。

ふぐりも、震えが走るような快感であった。自分でするときは一物しかいじらなかったが、女に愛撫《あいぶ》されるとなると、多くの発見があり、このようなところも感じるのかという感覚が嬉《うれ》しかった。

「ここを……」

正助が言って、促《うなが》すように幹をヒクヒクさせると、とうとう桃も、舌先で肉棒の付け根から裏側を舐め上げてきた。

「アア……」

滑らかな舌が先端まで達すると、正助は今にも漏《も》らしそうなほど高まって喘いだ。

股間を見ると、今まで彼に君臨していたお嬢様が、すっかり覚悟したように粘液の滲《にじ》んだ鈴口を舐め回している。

表情は硬いが、屈辱を噛《か》み締めているふうはなく、ほんのり頬が上気していた。

「くわえて……、歯を当てないように深く……」

正助が言うと、桃も口を丸く開いて張りつめた亀頭を含み、さらにスッポリと喉《のど》の奥まで呑み込んでいった。

「ああ……、いい……」

正助は、温かく濡れた美少女の口に根元まで含まれ、夢のような快感に喘いだ。

桃は深々と呑み込み、熱い鼻息で恥毛をそよがせた。

幹をキュッと締め付けて吸い付き、内部では恐る恐る舌が蠢いて、肉棒を生温かく清らかな唾液にまみれさせた。

正助は小刻《こきざ》みにズンズンと股間を突き上げ、両手で彼女の頭を支え、上下に動かしはじめた。

「ク……」

先端がヌルッとした喉の奥に触れるたび、桃が苦しげに眉《まゆ》をひそめて呻き、さらに多くの唾液を分泌させてきた。

いったん動くと、あまりの快感に止められなくなり、正助は桃が苦しがるのも構わず、次第に調子をつけて強く股間を突き上げた。溢《あふ》れた唾液が幹を伝い、ふぐりの脇から肛門の方まで生温かく流れてきた。

やがて正助は高まり、我慢できなくなってきた。

まるで全身がお嬢様のかぐわしい口に含まれているような錯覚の中、とうとう正助は溶《と》けてしまいそうな絶頂の快感に全身を包まれてしまった。

それは、タキと快感を分かち合ったときとは違い、完全に自分勝手で、しかも生《き》娘《むすめ》の口を汚すという禁断の快楽であった。

「く……、いく……、全部飲んで……！」

昇り詰め、快感に身を震わせながら口走ると、同時に熱い大量の精汁が、ドクンドクンと勢いよくほとばしって、桃の喉の奥を直撃した。

「ンンッ……！」

桃は驚いたように呻いたが、それでも口は離さず、歯を当てることもなく唇の摩擦《まさつ》を続行してくれた。正助は心ゆくまで快感を貪《むさぼ》り、最後の一滴まで桃の口の中に出し尽《つ》くした。

「ああ……」

すっかり気が済んで声を洩《も》らし、彼は徐々に動きを止めながら全身の硬直を解いていった。桃も動きを止め、亀頭を含んだまま、口に溜《た》まった精汁を、意を決してゴクリと一息に飲み込んだ。

「あう……」

嚥下《えんげ》されると同時に口腔がキュッと締まり、正助は駄目押《だめお》しの快感に呻いた。

桃は、少し気持ち悪そうに眉をひそめ、ようやく飲み干して口を離した。

「最後まで舐めて綺麗《きれい》にして……」

言うと、桃も観念したように舌を伸ばし、鈴口から滲む白濁の雫《しずく》を舐め取り、やっと余りが滲まなくなると顔を上げ、口を押さえて呼吸を整えた。

「ああ……、気持ち良かった……。じゃ、また立つ間に全部脱いで……」

正助が荒い呼吸を繰り返し、余韻《よいん》を味わいながら言うと、桃も覚悟していたように立ち上がり、帯を解いて寝巻を脱ぎ去った。下には何も着けておらず、先日には見られなかった可愛《かわい》い乳房も露わになった。

「じゃ、顔に跨がって」

「そ、それは出来ないわ……」

「前には出来たのだし、私はそれをしてくれた方が高まるので」

「でも……」

「余の言うことがきけぬか」

正助がおどけたように言って桃の手を引いた。彼女も、正助が本気で求めているのだと悟《さと》り、ガクガクと膝を震わせながら顔に跨がってきてくれた。

前と違って今にも気を失いそうな緊張の中、桃はとうとう跨がり、陰戸《ほと》を彼の鼻先に迫《せま》らせてきた。

正助は下から両手で腰を抱えて引き寄せ、柔《やわ》らかな茂《しげ》みに鼻を埋《うず》め込んだ。

しかし淡《あわ》い汗の匂《にお》いが感じられるだけで、大部分は湯上がりの香りだった。

「ゆばりの匂いがしないと高まらない。このままゆばりを出して」

「え……」

真下から言われ、桃は驚いて聞き返した。

「ほんの少しでもいいから、出して欲しい」

「だ、だって……、お顔に……」

「構わない。飲んでしまうから」

「そんな……」

「さあ、余の望むことだ。出さねば終わらないぞ」

正助は顔に座られながら威張《いば》って言い、割れ目内部に舌を這わせた。

「あん……」

オサネを舐めると桃が声を洩らし、ヒクヒクと白い下腹を波打たせて反応した。

そして、次第に唾液ばかりでないヌルヌルが、淡い酸味を含んで溢れてきた。

正助は夢中になって、襞《ひだ》の入り組む無垢《むく》な膣口をクチュクチュと掻《か》き回して淫水を味わい、オサネも舐め回し、尿口あたりの柔肉に吸い付いた。

「く……、駄目、やっぱり……」

「いいから出して」

「アア……、そんなに吸わないで……、本当に出たら大変……」

桃が声を震わせて言い、舐められるたびヒクヒクと柔肉を蠢かせた。

正助は執拗《しつよう》に吸い付き、溢れる蜜汁をすすり、オサネを舐め回した。

「さあ、早く」

「本当に、いいの……？　無礼打ちになんかしない……？」

「うん、もちろん。出してくれたら嬉しい」

「じゃ、本当に出すわ……」

桃がか細く言い、下腹に力を入れはじめてくれた。あるいは、吸われるうち本当に尿意が高まってきたのだろう。

なおも舐めていると、柔肉が迫《せ》り出すように盛り上がり、淫水とは温もりと味わいが違ってきた。

「あうう……、出ちゃう……」

桃が言うなり、ポタポタと温かな雫が彼の口に滴《したた》り、次第にチョロチョロと控《ひか》えめな流れになって注《そそ》がれてきた。

正助は嬉々《きき》として受け止め、味や匂いを確認する余裕もなく夢中で喉に流し込んでいった。桃も、出してしまったが大変なことをしたように、慌《あわ》てて止めようとしたので、勢いは弱いままだった。

そして、元々それほど溜まっていなかったのだろう。正助が噎《む》せたり溢れさせたりする前に流れはすぐに弱まり、また点々と滴るだけとなった。

あらためて正助は淡く控えめな味と匂いを堪能し、余りの雫を舐め取った。

すると、すぐにも新たな淫水が溢れて舌の動きをヌラヌラと滑らかにさせ、再び淡い酸味が満ちていった。

「アア……、も、もう堪忍《かんにん》……」

混乱の中で果てそうになり、桃が懸命に声を絞《しぼ》り出し、股間を引き離していった。

もちろん正助自身も、すっかり元の硬さと大きさを取り戻していた。

「じゃ、舐めて濡らしてから跨いで入れて」

正助は、早く生娘の初物を頂きたくなって言った。

「わ、私が上に……?」

「上の方が、痛ければゆっくり出来るし、気ままに動けて良いと思う」

正助が仰向《あおむ》けで身を投げ出したまま言うと、桃も逆らえず、再び屈み込んで勃起した先端にしゃぶり付いた。

たっぷりと唾液を出して亀頭を濡らし、やがて顔を上げた。

そして恐る恐る彼の股間に跨がり、先端を濡れた陰戸に押し当て、意を決して腰を沈み込ませてきたのだった。

三

「ああッ……！」

真下から貫《つらぬ》かれ、桃がビクッと顔を仰け反《の ぞ》らせて喘いだ。

しかし自分の重みとヌメリで、さらにヌルヌルッと根元まで受け入れながら、ピッタリと股間を密着させて座り込んできた。

正助も、肉襞の摩擦と、いかにも生娘らしい締め付け、熱いほどの温《ぬく》もりに包まれて陶然《とうぜん》となった。

桃はペタリと座り込み、短い杭《くい》に貫かれたように硬直していた。

正助は温もりと感触を嚙み締めてから、内部でヒクヒクと幹を震わせ、やがて両手を伸ばして桃を抱き寄せた。

肌を重ねてくる前に顔を上げ、美少女の乳房に口を寄せた。

タキに似て膨《ふく》らみは、これから豊かになる兆《きざ》しを見せ、健康的な張《は》りと弾力がありそうだった。

さすがに生娘らしく、乳首も乳輪も淡く綺麗な薄桃色だ。

チュッと乳首に吸い付き、顔中を膨らみに押しつけると、柔らかさと温もりが伝わってきた。

ツンと硬くなった乳首を舌で転がしたが、桃は全神経が股間に集中しているらしく特に反応はなかった。

正助は、もう片方の乳首も含んで舐め回し、さらに首筋を舐め上げ、熱い呼吸を繰り返している口に鼻を寄せた。押しつけて嗅《か》ぐと、甘酸《あまず》っぱい果実臭の息に混じり、乾いた唾液の香りも悩ましく鼻腔《びこう》を満たした。

嗅ぐたびに、心地よい刺激が一物に伝わり、内部で脈打ち、そのたびに膣内も反応してキュッと締め付けてきた。

やがて正助は唇を重ね、舌を挿《さ》し入れていった。

唇の内側を舐め、白く滑らかな歯並びをたどり、引き締まった桃色の歯茎まで念入りに味わった。

すると、ようやく桃も歯を開き、舌の侵入を受け入れてくれた。

美少女の口の中は、さらに濃厚な果実臭が籠もり、舌を探るとチロチロと蠢いた。

生温かく滑らかな舌を味わい、正助は延々と桃の唾液と吐息を吸収した。

膣内の一物は、もう我慢できないほど高まり、彼は舌をからめながらズンズンと小刻みに股間を突き上げはじめてしまった。

「ンンッ……！」

桃が眉をひそめて呻き、反射的にチュッと強く彼の舌に吸い付いてきた。

「痛い？」

「ええ、少し……、でも平気……」

唇を触れ合わせたまま囁《ささや》くと、桃も小さく健気《けなげ》に答えた。

実際、様子を見ながら動くうち、次第に彼女も破瓜《はか》の痛みに慣れたか、肌の強ばりが解け、淫水の量も増してきたようだ。

「唾《つば》を垂《た》らして」

「お願い、もう堪忍。今までの無礼はお詫《わ》びしますから……」

「そうじゃなく、本当に欲しいから」

再三促すと、もちろん最終的には逆らえず、桃は愛らしい唇をすぼめ、白っぽく小泡の多い唾液を溜め、クチュッと垂らしてくれたのだった。

舌に受け、生温かな粘液を味わい、彼はうっとりと喉を潤《うるお》した。

「顔にも吐《は》きかけて、思い切り」

「それは、出来ないわ……」

「どうか。私は桃さんにつねられたり引っ掻いたりされても、むしろ触れてもらって嬉しかったのだから」

「アア……」

言われて、桃は自分がしてきたことを思い出して声を洩らした。

「さあ、どうか強く」

「お、お許しを……」

桃は言い、とうとうペッと勢いよく唾液を吐きかけてくれた。

甘酸っぱい一陣の息とともに、生温かな粘液が鼻筋を濡らし、正助はうっとりとなった。

そして桃も居直って興奮を高めたように、新たな淫水を漏らしてきたのだった。

「舐めて……、顔中を唾で濡らして……」

言いながら顔を抱き寄せ、ズンズンと股間の突き上げを激しくさせていくと、

「ああっ……」

桃は熱く喘ぎ、舌を伸ばして彼の鼻筋を舐め回してくれた。

そして吐き出す唾液を顔中に塗《ぬ》り付けるように、鼻の穴から頬、瞼《まぶた》から額《ひたい》まで舌を這わせた。

たちまち正助の顔中は、美少女の生温かく清らかな唾液でヌルヌルにまみれ、甘酸っぱい芳香が鼻腔を刺激してきた。

「アア……、気持ちいい……」

正助もすっかり高まり、もう生娘への気遣いも忘れたように激しく律動した。

溢れる蜜汁に動きも滑らかになり、桃も痛みが麻痺《まひ》したように、突き上げに合わせて腰を遣いはじめてくれた。

「あうう……、奥が、熱いわ……」

桃も、初めての感覚を探るように呻き、きつく締め上げてきた。

正助は彼女と舌を絡《から》めて唾液を貪り、果実臭の息で鼻腔を満たしながら摩擦に高まり、とうとう昇り詰めてしまった。

「い、いく……！」

突き上がる絶頂の快感に口走りながら、正助はありったけの熱い精汁を、ドクンドクンと勢いよく柔肉の奥に向けてほとばしらせた。

「う……」

破瓜の痛みの中でも噴出を感じたか、あるいは彼の絶頂が伝わり、嵐が通り過ぎたことを察したか、桃も息を詰めキュッと締め付けてきた。

正助は抱きすくめたまま、最後の一滴を出し切るまで激しく股間を突き上げ、ようやく満足して動きを弱めていった。

そして彼女の重みと温もりを感じ、湿《しめ》り気《け》ある甘酸っぱい息を間近に嗅ぎながら、うっとりと快感の余韻を噛み締めたのだった。

「ああ……」

桃も荒い呼吸を繰り返し、彼の上でグッタリとなり遠慮なく体重をかけてきた。

膣内が息づくような収縮を繰り返し、刺激されるたび射精直後の一物が過敏にヒクヒクと反応した。

（とうとう、女将《おかみ》さんとお嬢様の、母娘両方と交わってしまった……）

正助は、感慨に浸《ひた》りながら呼吸を整えた。

ほんの少し前まで、このような快楽の日々がやってくるなど夢にも思わなかったものだ。やはり、思い切って江戸へ出てきて良かったのだと、正助は心から思ったものだった。

やがて、いつまでも乗っていては済まないと思ったか、そろそろと桃が股間を引き離し、力尽きたようにごろりと横になった。

正助は入れ替わりに身を起こし、懐紙で手早く一物を拭《ぬぐ》ってから、桃の股間に顔を寄せていった。

「じ、自分でします……」

「いいよ、じっとしておいで」

桃が気遣って起き上がろうとしたのを制し、正助は、生娘でなくなったばかりの陰戸を観察した。

さすがに乱暴に動いてしまったので、陰唇は痛々しくめくれ、膣口から逆流する精汁には、うっすらと血の糸が走っていた。

彼は優しく懐紙を当ててヌメリを拭い、丁寧《ていねい》に清めてやった。

「く……」

桃は身を硬くして小さく呻き、いつまでも忙《せわ》しげに息を震わせていたのだった。

「桃を抱いてくれたのですね。朝、あのわがまま娘がすっかりしおらしくなっていたので、すぐ分かったわ」

タキが言い、正助は何と答えて良いか分からず黙っていた。

四

今日は、タキに誘われてあちこち江戸見物をしていたのだ。正助は江戸へ来ても、ろくに歩き回ってもいないし、春日屋の仕事もさせられないので、タキは店を卯吉や奉公人に任せて彼を連れ出したのである。

と言っても、お堀端まで行って散りかかった桜を見てから、神田明神にお参りしただけだった。

「どうか、お屋敷からのお迎えが来るまで、毎晩抱いてやって下さいまし」

タキが言う。よほど、桃を孕ませたいようだった。

「それから、私が正助様の初物を頂いたり、アソコを舐めさせたりしたことは、どうかお忘れ下さいね」

「い、いいえ、それは忘れません。女将さんは私の大切な、最初の女ですので」

言われて、正助は急激な淫気《いんき》を湧《わ》き起こして答えた。

「出来れば、またいっぱい舐めたいです」

「まあ……」

「それに、桃さんは生娘だったから扱いがよく分からず、もっと女将さんに教わりたいです」

「そう……、私とのことが嫌ではなかったのなら、あそこへ……」

タキも淫気を湧かせたように言い、明神様の裏手にある一軒の店に入っていった。

何屋とも書かれていないが、正助も従って入ると、初老の仲居が出てきて、二人を二階の隅の部屋に案内してくれた。

床《とこ》が敷き延《の》べられ、二つ枕が並び、桜紙も用意されていた。

(ここが、待合か……)

正助は思い、密室に入って遠慮なく勃起させた。タキも、やはり家でするには多くの人がいるので、ここを選んだのだろう。

「さあ、明るくて恥ずかしいけれど、全部お脱ぎなさいな」

タキは、すっかりその気になって頬を紅潮させ、自分から手早く帯を解きはじめていった。

「ね、女将さん。二人きりなので、前の通りの言葉遣いで、呼び捨てにして下さい。その方が、しっくりくるので」

正助も帯を解き、着物を脱ぎながら言った。

「そうかい。どうしてもと言うなら、その方が私も話しやすいので。でも、少々の無礼があっても胸にしまっておいて下さいな」

「はい、そうして下さい。それからもう一つお願いが。女の身体《からだ》を隅から隅まで知りたいので、好きにさせて下さいませ」

「ええ、何でも好きにおし」

タキは答え、やがて腰巻まで取り去り、一糸まとわぬ姿になると、胸を隠しながら布団に横たわっていった。

正助も全裸になり、まずは彼女の足の方に迫って座った。

そして足首を摑《つか》んで片方の脚を持ち上げ、足裏に顔を押し当てた。

「あん、何をするんだい……」

「女将さんの足の裏を揉《も》んだとき、どうにも舐めたくなったのです」

驚くタキに答え、正助は踵《きびす》から土踏まずに舌を這わせはじめた。そして縮こまった指の股に鼻を埋め込み、汗と脂《あぶら》に湿って蒸《む》れた匂いを貪った。

「あう……、いけないよ。汚いからお止《よ》し……、あう！」

爪先《つまさき》にしゃぶり付くと、タキがビクリと脚を震わせて呻いた。

構わず押さえつけ、順々に指の間に舌を割り込ませて舐め、充分に味わってから、もう片方の足指も味と匂いを堪能したのだった。

「アア……、くすぐったくて、いい気持ち……、でも、お武家に足を舐められるなんて……」

タキは喘ぎ、腰をくねらせて言った。

やがて正助は彼女を俯《うつぶ》せにさせ、踵から脹《ふく》ら脛《はぎ》を舐め上げ、ほんのり汗ばんだヒカガミからムッチリとした太腿《ふともも》を舌でたどっていった。

色白の餅肌《もちはだ》は、どこも滑らかな舌触りで、豊満な尻が何とも艶《なま》めかしかった。

彼は舌先で尻の丸みをたどり、腰から背中を舐め上げた。

ほんのりと汗の味がし、肩まで行って髪の匂いを嗅ぎ、うなじから再び背中を舐め下りていった。

「ああ……、気持ちいいわ……、こんなに丁寧に舐めてもらえるなんて……」

タキが熟《う》れ肌を震わせて言った。うなじも腰も背中も、充分すぎるほど感じるようだった。

たまに脇腹に寄り道しながら舐め下りると、正助はうつ伏せの彼女の股を開かせ、その真ん中に腹這い、豊かな尻に顔を迫らせた。

両の親指でグイッと谷間を広げ、ひっそり閉じられた桃色の蕾《つぼみ》に鼻を埋め込むと、双丘がキュッと心地よく顔中に密着してきた。

蕾に籠もる秘めやかな微香を嗅ぎ、舌先でチロチロ舐めて細かな襞を味わい、さらにヌルッと潜り込ませた。

「あう……、駄目、汚いから……」

タキが顔を伏せて呻き、侵入した舌先をキュッと肛門で締め付けてきた。

正助は滑らかな粘膜を充分に味わってから舌を引き抜くと、顔を上げて再び彼女を仰向けにさせた。

片方の脚をくぐると、目の前に股間が開かれた。興奮に色づいた陰戸から湧き出す淫水が、内腿にまで糸を引いていた。

彼は量感ある内腿の間に籠もる熱気と湿り気を顔中に感じ、そっと指を当てて陰唇を開いた。

「アア……、恥ずかしい……」

手ほどきしたときとは状況が違い、タキは畏《おそ》れ多さと羞恥に声を洩らした。

襞の入り組む膣口からは、白っぽく濁《にご》った粘液も湧き出していた。

正助は艶めかしい眺《なが》めに吸い寄せられるように顔を埋め込み、柔らかな茂みに鼻を擦《す》りつけて嗅いだ。

「いい匂い……」

汗とゆばりの匂いで鼻腔を掻き回され、正助は思わず言った。

「く……、こんなこと、お屋敷でお姫様にしたらいけないよ、正助……」

タキが次第に朦朧《もうろう》としながら、声を上ずらせて言った。

正助は充分に熟れた体臭を嗅ぎ、舌を這わせた。陰唇の表面から徐々に内部を探ると、生温かく淡い酸味を含んだヌメリが舌を迎えた。

かつて桃が出てきた膣口を舐め回し、ほのかにゆばりの味わいのある尿口を探り、桃より大きめのオサネまで舐め上げていくと、

「アアッ……！」

タキは激しく喘ぎ、内腿でムッチリと彼の両頬を挟《はさ》み付けた。

正助は上の歯で包皮を剝《む》き、完全に露出したオサネに吸い付きながら、舌先で弾くようにチロチロと舐め、濡れた膣口に指を差し入れた。

そして内壁を小刻みに摩擦して感触を確かめると、

「駄目、いきそう……、おやめ……！」

タキが絶頂を堪《こら》えて声を上げ、懸命に腰をよじって彼の顔を股間から追い出した。

「お願い、入れて……。待って、その前にしゃぶりたいわ……」

彼女が言って正助の手を引いた。そして胸に跨がらせ、豊かな乳房の谷間で一物を揉みながら、顔を上げて先端に舌を這わせた。

「ああ……」

正助も、柔らかな乳房に挟まれ、亀頭をしゃぶられて喘いだ。

さらにタキがモグモグとたぐるように喉の奥まで呑み込み、吸い付きながらネットリと舌をからめてきた。

「も、もう……」

正助の方も元気が迫って降参すると、すぐにタキもスポンと口を引き離した。

そして茶臼《ちゃうす》（女上位）になるには力が抜けているので、仰向けのまま股を開いた。

彼もタキの股間に身を置いて股間を進め、先端を陰戸に押し当て、本手《ほんて》（正常位）で挿入していった。

急角度にそそり立った一物が、膣内の天井《てんじょう》を擦りながらヌルヌルッと根元まで吸い込まれた。

「あうう……、いいわ……」

タキが身を弓なりに反らせて言い、深々と受け入れてキュッと締め付けてきた。

正助も肉襞の摩擦と温もりを感じながら股間を密着させ、そろそろと脚を伸ばして身を重ねていった。

彼女も下から両手を回して、しっかりと抱き留めてくれた。

まだ動かず、正助は感触を味わいながら屈み込み、色づいた乳首を含んで舌で転がした。

もう片方にも吸い付き、顔中を豊かな膨らみに押しつけ、さらに腋の下にも顔を埋め込んでいった。色っぽい腋毛は生温かく汗に湿り、何とも甘ったるい体臭が鼻腔を満たしてきた。

正助はうっとりと酔いしれながら、もう我慢できず腰を突き動かしはじめた。

「アア……、いい気持ち。もっと強く突いて、奥まで……」

タキが喘ぎ、下からもズンズンと股間を突き上げてきた。

なるほど、上になると気ままに動け、果てそうになると弱め、落ち着くとまた激しく股間をぶつけることが出来た。

そして高まりながら、正助はタキのかぐわしい口に迫った。

お歯黒の歯並びの間から、熱く湿り気ある息が洩れている。

鼻を押し込んで嗅ぐと、白粉のように甘い匂いに、ほんのりと鉄漿《かね》の金臭い匂いも混じって刺激的だった。

唇を重ねると、タキの方からぽってりとした肉厚の舌を伸ばし、彼の口の中を舐め回してきた。

正助も舌をからめ、美女の唾液と吐息に酔いしれながら腰を遣《つか》い続け、とうとう昇り詰めてしまった。

「く……！」

突き上がる快感に呻きながら、勢いよく内部に射精すると、

「あ、熱いわ……、いく……、アアーッ……！」

噴出を感じた途端、タキも激しく気を遣《や》り、ガクンガクンと狂《くる》おしい痙攣《けいれん》を起こした。そして腰を跳《は》ね上げるたび、小柄な正助の全身も前後に揺《ゆ》すられ、まるで彼は暴れ馬にしがみつく思いで腰を遣い続けた。

何とも心地よい摩擦快感の中、正助は心置きなく最後の一滴まで出し尽くし、徐々に動きを弱めていった。

力を抜いてもたれかかると、柔らかな熟れ肌が心地よく弾《はず》んだ。

「ああ……、良かったわ、溶けてしまいそう……」

タキも熟れ肌の強ばりを解きながら、満足そうに吐息混じりに言った。まだ膣内の収縮は続き、刺激されるたび一物がヒクヒクと跳ね上がった。

そして正助は遠慮なく体重を預け、タキの甘い息を嗅ぎながら、うっとりと快感の余韻を味わったのだった……。

五

「お、お迎えだよ、正助様!」

翌日、朝餉を終え、タキが店を開ける頃に玄関から慌てた彼女の声がした。

もう来たか、と正助は緊張に胸を引き締めながら、覚悟して玄関へと小走りに向かった。

昨日、昼間にタキと待合で情交し、夜はまた桃を抱いたのだった。もちろん情交が続いても、飽《あ》きはしない。

結局、タキと桃とも二回ずつ情交しただけだが、充分に熟れ肌と美少女の肌を堪能したのだった。

するとと廊下で、荷を抱えたタキと行き会った。

「千賀様はこれを置いて、もうお帰りになったよ。これに着替えて待っていれば、昼過ぎに乗り物で迎えに来るってさ」

タキが言い、座敷に荷を置いた。それは絢爛《けんらん》たる着物に袴《はかま》、襦袢《じゆばん》から下帯と足袋《たび》、高価そうな装飾の付いた脇差《わきざし》などだった。

「とにかく、朝風呂へ行っておいで。それからお武家の髷《まげ》に結ってあげるからさ。お前さん、お供をして！」

「か、畏まってござる……」

「何わけの分かんないこと言ってんのさ。早くお行きよ」

追い立てられるようにして、正助と卯吉は店を出て湯屋に行った。

そして正助は身体を隅々まで洗い流し、元結いを解いて髷を下ろし、丁寧に髪も洗い清めた。

帰りは結わず、頭に手拭いを巻いたまま春日屋へと戻り、そのまま縁側に敷かれた座布団に座って、タキに月代《さかやき》を剃《そ》ってもらった。

「手が震えるねえ。若殿の頭に傷でも付けたら打ち首だ……」

タキは言い、実際小刻みに指を震わせながらも、念入りに剃ってくれた。

ようやく剃り終えると、タキはほっと肩の力を抜き、太い溜息《ためいき》をついた。

「さあ、髷を結ったり着替えたりする前に、少し早いけれど昼餉にしようか。堅苦しい着物を着たら喉を通らないだろうからね」

タキは細々と気遣ってくれ、正助もあまり食欲がないので、湯漬けと漬け物だけで軽く済ませた。

そして再び縁側に行って座ると、タキが髪を梳《と》かしてくれ、後ろでまとめて元結いをキュッと縛《しば》った。

「お武家の髷ってどんなだっけねえ。ましてお殿様なのだから、真っ直《ます》ぐでいいかしら……」

タキは言いながらも、何とか形を整えてくれた。正助は、たまに背中に当たる彼女の豊かな胸の膨らみや、肩越しに感じる甘い息の匂いに、いつしかムクムクと勃起してきてしまった。

「うん、顔立ちがいいから見栄えがするねえ。じゃ、あとは桃に任せて着替えるといいよ」

タキは言い、気を利《き》かせて座敷に桃と二人きりにしてくれた。

正助が、着ているものを全て脱ぎ去って立つと、桃が恭《うやうや》しく下帯を手にした。

「着ける前に、少しだけしゃぶって……」

囁き、鎌首《かまくび》を持ち上げている先端を、座っている桃の鼻先に突きつけると、彼女もそっと幹に指を添《そ》え、上品な口でパクッと亀頭を含んでくれた。

そして内部でチロチロと鈴口を舐め回し、優しく吸っては、含んだまままたまにチラと目を上げて正助の顔を見つめてきた。

このまま果てている暇《ひま》はない。まして射精したら、力が抜けてしまいそうだ。

充分に快感を味わってから、正助は腰を引き、桃もチュパッと口を離した。

彼は屈み込み、桃の両頬を手のひらで挟み、そっと唇を重ねた。

「ンン……」

桃も、うっとりと目を閉じて熱く鼻を鳴らし、甘酸っぱい息を心ゆくまで嗅がせてくれた。

ネットリと舌をからめ、正助は美少女の唾液と吐息を味わい、やがて口を離した。

「孕んでいると良いけれど……」

桃が、自分の腹を撫《な》でながら言った。

「うん、何か兆しがあれば、すぐお屋敷に報《しら》せるんだよ」

「ええ……」

言うと桃も小さく答え、新品の下帯を着けてくれた。

そして襦袢を羽織《はお》ると、帯など締める前に座り、白足袋を履《は》いた。足袋など履くのは初めてだが、桃が甲斐甲斐《かいがい》しくコハゼを留《と》めてくれた。

ぴったりなので、あるいは千賀が、それとなく正助の身の丈や足の文数まで見当を付けて用意したのかも知れない。

また立ち上がって着物を着て帯を締め、桃に手伝ってもらいながら、これまた初めて袴を穿《は》いた。桃が前紐《ひも》を締めると、襟《えり》などを整えてくれ、最後に脇差を恐々と捧《ささ》げ持って差し出した。

「ええと、ここへ差すのかな……」

「多分、左腰ではなく腹の方と思います」

正助などより、ずっと多くの武士を見てきた桃が言い、言われた通り腹の方に脇差を帯びると、鞘《さや》が僅《わず》かに左腰から突き出て、狭い廊下でもさして邪魔にならないようだった。

「おっかさん……」

「出来たかい。どれ」

桃がタキに声をかけると、夫婦が入ってきた。

「まあ……、なんと姿の良い……」

タキは目を見開き、卯吉とともに思わず平伏してきたではないか。

「よ、よしてください……」

正助も、二人の前に膝を突いて言った。

「いいえ、やっぱりこうした格好をすると、紛《まぎ》れもないお武家様なんだねえ。身分違いのものが着たって似合わないけれど、正助様は、見るからにこの姿がしっくりしているよ」

タキが惚《ほ》れ惚《ぼ》れと見つめて言った。

「もし、ご側室を選ぶときは、桃のこともお忘れなく」

「おい……」

タキが頭を下げて言うのを、卯吉がたしなめるように声をかけた。

元より、桃は店の仕事などしていないから、屋敷に行ったところで春日屋に支障はないのだ。

「分かりました。どこまで勝手が利くか、行ってみてからのことですが、そのように取り計《はか》らいますので。それに、目と鼻の先ですし、閉じ込められるのは御免《ごめん》ですから私も小間物を買い付けに出向きます」

「ええ、どうかよろしくお願い申し上げます」

タキが、畳に額をすりつけるように言った。

そこへ奉公人が来て、乗り物が着いたと報せてきた。

「早いね。もう来たのかい。ゆっくり暇乞《いとまご》いもしていられないね」

「では、大変にお世話になりました。御恩は忘れません。また今後とも、春日屋さんとは深い縁が続くと思いますので、どうかよろしくお願いします」

正助も辞儀をし、三人の顔を見回してから立ち上がった。

名残《なごり》を惜《お》しんでいる暇もなく、タキが先に玄関へ行き、使者の口上を聞き、続いて正助も玄関へ出て行った。

すると桃が三和土《たたき》へ降り、新品の草履《ぞうり》を出して揃《そろ》えてくれた。

家老の三浦征之進が直々《じきじき》に迎えに来てくれ、外には豪華な乗り物が一挺《ちょう》、待機していた。

近所の商家の人たちも、何事かとこちらの様子を窺《うかが》っている。

「おお……！」

出てきた正助を見て、征之進が声を洩らし、思わず平伏したではないか。お供してきた家臣や、担《かつ》ぎ手の陸尺《ろくしゃく》たちも同じように膝を突いた。

それほど正助の顔立ちは、先代の面影を残しているのだろう。

「お迎えに上がりました。どうぞお乗り下さいませ」

征之進が言い、立ち上がってタキたちの方にも向き直った。

「春日屋の者たち、いかい世話に相成った。礼を言うぞ」

彼が頭を下げて言うと、タキと卯吉、桃や奉公人たちも一斉に平伏した。

「では」

正助は、もう一度三人の顔を見て言い、やがて戸の開かれた乗り物に入った。

中は柔らかな座布団に脇息《きようそく》がある。窓を開けると、三人はまだ恐る恐るこちらを見ているので、正助も会釈《えしやく》した。

するると戸が閉められて屋根が下ろされ、乗り物が浮かび上がった。

（また来られるのかな……）

僅か三カ月世話になっただけだが、正助は遠ざかってゆく春日屋を振り返り、小さく溜息をついた。奉公人としては図々《ずうずう》しい考えだが、何やら自分の家を出ていくような寂《さび》しさを覚えたものだった。

乗り物は、揺らさぬよう静かに進み、それでも、いくらも移動しないうち湯島にある生田藩邸に到着した。

乗り物ごと門から入り、玄関前で降りると、家臣一同が勢揃いして正助を迎えた。

彼は緊張しながら間を進んで屋敷に入ったが、藩士の中には泣いているものも少なくなかった。

自分の存在が、武士を泣かすほどのものなのかと思ったが、とにかく正助は、今まで未知だった武家の世界へと足を踏み入れたのである。

第三章　清楚《せいそ》な武家女の色指南

一

「今朝がた、国許《くにもと》よりの早飛脚《はやびきゃく》で、良明公が身まかられたとの報《しら》せあり」

座敷に赴《おもむ》くと、征之進が下座に座って涙ぐみながら言った。

「そうですか……」

「藩士の気を高めるためにも、四十九日を待たず、初七日にて正助様が藩主にお就《つ》き遊ばします。婚礼の儀も、続いて執《と》り行なう所存。上様へのご報告などは、追ってお知らせしますゆえ、それまでに武家の作法をお学び頂きますよう」

征之進が平伏して言い、身を起こして手を叩《たた》いた。

「失礼致します」

返事があり、襖《ふすま》が開いて恭《うやうや》しく美女が入ってきた。千賀である。

「千賀は、良明公の身の回りの世話をしておりました」

征之進が、説明をした。

千賀は二十八。藩士だった夫は先年病死し、今は後家となり、子はなく若殿の教育係だったようだ。薙刀《なぎなた》を良くして学問もある、文武両道の才色兼備。

「では千賀、あとはよろしく頼む」

言い置き、征之進は出ていった。

「どうぞ、こちらへ」

千賀が促《うなが》し、正助も立ち上がって屋敷の奥へと移動した。

厨《くりや》近くの一角は奥向きと称し、藩士の女たちや奉公人がたむろする場所だ。

さらに奥に、藩主の部屋があった。寝所と書院が続いてあり、その書院の上座には豪華な座布団《ざぶとん》と脇息《きょうそく》が据《す》えられ、そこに正助は座った。

「あらためまして、千賀でございます。よろしくお願い致します」

正面に端座した彼女が、折り目正しく頭を上げていった。

「こちらこそ、どうかよろしくお願いします」

「あ、いや、お言葉をあらためて下さいますように。ここは小さく頷《うなず》くだけでよろしゅうございます」

「う、うむ……」

正助は、脇息にもたれて頷きかけた。

確かに彼は、百姓町人の暮らしをしていたが、血筋は正統なので、藩内に反対派の出ようはずもなく、むしろ藩を救う切り札として、全ての藩士が正助の来訪を喜んでいるのである。

何も、いい気になれというのではなく、藩主らしく振《ふ》る舞わねばと正助も思いはじめていた。夢のような身分だが、断ることなど出来ようもなく、これが自分の運命なのだった。

「戸惑《とまど》われるのも無理はございません。でも藩の政《まつりごと》はご家老その他の重臣が執《と》り行ないますので、まず大切なことは、お輿《こし》入れされる雪姫様を一日も早くご懐妊遊ばすことです」

「はあ……」

「すでに、女性《にょしょう》のことはご存じでしょうか」

千賀が、いきなり核心を突いて訊《き》いてきた。

「い、いいえ……、奉公に来て働くばかりの三月《みつき》でしたから」

「そうでございましょうね。では、そうした店にも行かれたことは」

「一度も」

「はい。承知致しました。その、ご自分でなさることは」

千賀が、表情も変えず訊いてきた。やはり、男としての機能が正常かどうか、それが最も重要なのだろう。

「それはあります」

「左様《さよう》ですか。安堵《あんど》いたしました。それから、私には丁寧《ていねい》なお言葉はご無用に、どうか千賀とお呼び下さいませ」

「千賀、これで良いか……」

「はい、ようございます。ではこちらへ」

彼女が立ち、次の間の寝所へと移った。そこには、すでに豪華な布団が敷き延《の》べられているではないか。

「全てお脱ぎ下さいませ。一応、お身体《からだ》を見せて頂きとう存じます」

「分かった」

言われて、正助は脇差《わきざし》を置き、袴《はかま》の前紐《ひも》を解《ほど》いた。すると千賀がにじり寄って手伝い、袴を脱いだ。そして後ろに回って帯を解き、着物と襦袢《じゅばん》も脱がせ、下帯と足袋《たび》も取り去られると、たちまち正助は全裸になった。

まだ立ったまま、彼女は肩から背中に触れ、尻から腹《ふく》ら脛《はぎ》まで撫《な》でていった。

「どうぞ、横に」

背面は異常がなかったようで、千賀が言うと、正助も布団に仰向《あおむ》けになった。

まだ一物は、緊張と戸惑いに萎《な》えたままだ。

「お口を」

千賀が屈《かが》み込んで言うので正助が開くと、彼女は覗《のぞ》き込み、歯や舌の様子を調べ、おそらくは吐息も嗅《か》いで健康状態を調べているようだった。御典医《ごてんい》にも付き、基本的な医術の心得もあるのだろう。

さらには耳から鼻の穴まで覗かれ、正助も近々と迫《せま》る千賀の白く美しい顔を見上げているうち、次第に胸の奥がモヤモヤしてきてしまった。

何といっても、今までは自分の人生に全く縁がないと思っていた、生まれて初めて接する武家の美女である。

そして千賀は両手の指で彼の首筋から胸、腋《わき》や脇腹、腰や太腿《ふともも》などに触れて撫で回してきた。

別に興奮させようという愛撫《あいぶ》ではなく、しこりなどの有無を調べていると分かっていながら、正助は柔《やわ》らかな手のひらや、細くしなやかな指の感触に胸を高鳴らせていった。

「どうか、股《また》を開いて下さいませ」

言われて、正助が恐る恐る大股開きになると、千賀が腹這《はらば》うように真ん中に屈み込み、彼の股間に顔を寄せてきたのだ。

指先で、そっとふぐりをいじり、二つの睾丸をコリコリと確認した。さらに袋をつまみ上げて肛門の方まで覗き込んでから、ふぐり全体を手のひらで包み込み、付け根を揉《も》んだ。

「ああ……」

熱い視線と息を股間に感じながら喘《あえ》ぎ、とうとう正助自身はムクムクと勢いよく勃起してきてしまった。

「失礼……、いや、済まぬ……、千賀が真面目《まじめ》に診《み》てくれているのに……」

「いいえ、今はわざと立たそうとしていじりました。何とも雄々《おお》しく、嬉《うれ》しゅうございます」

恐縮して言うと千賀は股間から答え、惚《ほ》れ惚《ぼ》れと屹立《きつりつ》した一物を見つめた。

何しろ、この肉棒が今後の藩の命運を担《にな》っているのである。

そして幹をやんわりと握《にぎ》って微妙に動かし、もう片方の手では張《は》りつめた亀頭もいじってくれた。

「ああ……、気持ちいい……」

正助は、武家女の愛撫に高まり、熱く喘ぎながら幹を震《ふる》わせた。

「お出し下さいませ。精汁も調べとうございますので」

千賀が事務的に言い、懐紙も取り出して準備した。さらに微妙な指の愛撫も執拗《しつよう》に続いた。

しかし正助は高まりながら、懸命に我慢していた。何しろ、少しでも長くこの快感を味わっていたかったし、果てなければ、さらに心地よいことをしてくれる気がしたのである。

「動きは、これでようございますか」

「ああ……」

「出るとき仰《おつしや》って下さいませ。そろそろ出そうですか」

「いや、まだ……」

正助は、事務的な会話にも興奮を高めたが必死に堪《こら》えた。そろそろ千賀も、腹這いの不安定な体勢だから指が疲れてくる頃だろう。

「い、痛い、もう少し優しく……」

「も、申し訳ございません。つい……」

早く射精させようと思い、千賀も力が入ってしまったのだろう。そして疲れた両手を離すと、いきなり口で亀頭を含んできたのである。

「あう……」

正助は驚きと、激しい快感に呻《うめ》いた。まさか若殿のお付きという上位にいる武家女が口でしてくれるとは夢にも思っていなかったのだ。

恐る恐る股間に目を遣《や》ると、気品ある美しい顔が股間に迫り、張りつめた亀頭を含んで、熱い鼻息で恥毛をくすぐっていた。

ほんのり上気しはじめた頬《ほお》をすぼめてチュッチュッと吸い、内部では舌が滑《なめ》らかにからみついてきた。

貪《むさぼ》るような勢いと技巧はタキほどではなく、むしろ、桃に匹敵するぐらい初々《ういうい》しくぎこちない愛撫だが、それがかえって興奮をそそった。恐らく彼女は、殿様以外には決してせず、亡夫にすらしたことはないだろう。

思わずズンズンと小刻《こきざ》みに股間を突き上げてしまうと、千賀も深々と呑《の》み込んで顔を上下させ、濡《ぬ》れた口で摩擦《まさつ》してくれた。

「い、いく……、ああッ……!」

あっという間に絶頂の快感に貫《つらぬ》かれ、正助は昇り詰《つ》めてしまった。

同時に、ありったけの熱い大量の精汁が、ドクンドクンと勢いよくほとばしり、千賀の喉《のど》の奥を直撃した。

「ンン……」

噴出を受け止め、千賀は小さく呻きながらも、吸引と舌の動きは必死に続けてくれた。正助は快感に腰をよじり、心ゆくまで出し切ってから、グッタリと身を投げ出したのだった……。

二

「綺麗《きれい》な色合いで、健康であろうと存じます……」

身を起こして、口に溜《た》まった精汁を懐紙に吐《は》き出し、つぶさに調べながら千賀が言った。

正助は横たわったまま、荒い呼吸を繰り返して余韻《よいん》を味わっていた。

ほとんど、技巧よりも千賀の思い切った行動に驚き、そのまま果ててしまったようだった。しかし、まだまだ淫気《いんき》は去らず、一物も半萎えのまま、いつでもすぐ元の大きさに戻りそうだった。

「ねえ、千賀も脱いで……」

「承知しました。よろしければ、このまま交接までして頂きます。でも、その前に湯《ゆ》浴《あ》みして参りますので暫時《ざんじ》お待ちを」

千賀が、すぐにも請《う》け負ってくれて正助は期待に胸を弾《はず》ませた。

「いや、今のままで良い」

「今日は朝から動き回り、汗ばんでおります。急いで戻りますので」

「初めてなので、自然のままの女の匂《にお》いを知っておきたい。姫に求められぬことを、千賀にしてほしい」

正助はまた無垢《むく》のふりをし、すっかり若殿気分になって言った。

「確かに……、御典医のお話では、女の匂いを好む癖《へき》があるとか……。ご先代がそのようだったと伺《うかが》っております……」

顔立ちや書き付けの証拠以上に、性癖も似ているようだった。早世した良明も、健康体だったら同じかも知れず、実に気の毒であった。

「どうか頼む」

「承知いたしました。女への興味が大きいのは頼もしゅうございます……」

千賀は頷いて立ち上がり、手早く帯を解きはじめてくれた。

正助が仰向けのまま期待に一物を回復させていると、たちまち千賀は背を向けて着物と足袋、腰巻を脱ぎ去って、優雅な仕草で布団の端に腰を下ろし、襦袢を開きながら添《そ》い寝してきた。

「このように……」

正助は言いつつ彼女の腕をくぐり抜け、甘えるように腕枕してもらった。

目の前では、椀《わん》を伏《ふ》せたように形良い乳房が豊かに息づき、腋からは生ぬるく甘ったるい汗の匂いが漂《ただよ》っていた。

「好きにして良いか……」

千賀が小さく答えると、正助は鼻先に迫る乳首にチュッと吸い付き、柔らかく張りのある膨《ふく》らみに顔中を押しつけて感触を味わった。

「ええ、ご存分に……」

舌で転がすと、すぐにも乳首はコリコリと硬くなり、たまにビクリと彼女の肌が硬直したが、息を詰める程度で声は洩《も》らさなかった。

充分に舐《な》めて味わい、彼はのしかかりながらもう片方の乳首も含み、舌を這わせながら滑らかな肌を観察した。

さらに腋の下にも顔を埋《うず》め込み、色っぽい腋毛に籠《こ》もる甘ったるく濃厚な汗の匂いで胸を満たした。

「そ、そのようなこと、するものではございません……。さあ、では早くお入れ下さいませ……」

千賀が、くすぐったそうに身をくねらせて言った。

どうやら武家では、少し愛撫しただけですぐ交接するものらしいが、もちろん正助は物足りなかった。

「まだ入れたくない。口吸いをしても良いか」

「はい」

「陰戸《ほと》をいじっても良いか」

「少しだけでしたら……」

初めてなので、千賀も緊張に熟《う》れ肌を強《こわ》ばらせながら許してくれた。

正助は上から千賀の顔に迫った。

うっすらとした紅白粉《べにおしろい》は、春日屋のものだろうか。形良い唇が僅《わず》かに開き、白く綺麗な歯並びが覗いていた。

ピッタリと唇を重ねると、千賀が長い睫毛《まつげ》を伏せた。正助は柔らかな感触と唾液の湿《しめ》り気《け》を味わい、舌を挿《さ》し入れていった。

歯並びをたどると、千賀もそろそろと歯を開いて侵入を許してくれた。

正助は生温かな唾液に濡れた舌を探り、滑らかな感触を味わいながら、手を伸ばしてそろそろと彼女の下腹を探った。

張りのある下腹から真下にたどっていくと、柔らかな茂《しげ》みがあり、そのまま割れ目に沿って指の腹で撫で下ろすと、僅かにはみ出した陰唇に触れた。

それほど濡れた様子はなく、指で陰唇を広げ、中も撫で回した。

膣口の襞《ひだ》らしきものに触れ、動かしてみると少しだけヌルヌルしていた。そして柔肉を撫で上げ、コリッとしたオサネに触れると、

「ク……」

千賀が小さく呻き、反射的にチュッと彼の舌に吸い付いてきた。

口の中は熱く湿り、吐き出す息は花粉のように甘い刺激を含んでいた。

もちろん、さっき飲んだ精汁の生臭い匂いは微塵《みじん》も無く、実に控《ひか》えめで女らしい芳香であった。

指の腹でオサネをいじり、再び膣口周辺に戻ると、さっきより熱いヌメリが増していた。

「さ、もうよろしいでしょう。そろそろ……」

千賀が口を離し、甘く囁《ささや》いた。

正助も素直に身を起こし、彼女を大股開きにさせ、その中に陣取った。しかし、まだ入れることはせず、股間に屈み込んで顔を寄せたのだ。

「な、何をなさいます……、女の股に顔を入れるなど……」

千賀が、叱《しか》りつけるように言った。

「見なければ、どこに入れるのかも分からぬ」

「今いじってお分かりでしょう……」

「いや、後学のために見ておきたい。姫との交接に粗相があってはならぬ」

正助は頑《かたく》なに言い、千賀の中心部に鼻先を迫らせてしまった。

陰唇は濃い桃色で、指を当てて広げると、息づく膣口と光沢あるオサネが見えた。

千賀は身を強ばらせ、懸命に奥歯を噛《か》み締めて耐《た》えていた。恐らく、亡夫にさえ見せたことはないのだろう。

「も、もうよろしいでしょう……」

「ここへ入れれば良いのか」

正助は言い、指先でクチュクチュと濡れた膣口に触れた。

「く……、そ、そうです……」

「これは何か」

「あう……！　オ、オサネと申し、殿方に似たものです……」

濡れた指の腹でオサネをいじられ、千賀が懸命に息を詰めて答えた。

「ほんの少しだけ、舐めて良いか」

「な、なりません、そのようなこと決して……、アア……！」

堪《たま》らずに正助が顔を埋め込み、オサネを舐め回すと、千賀が思わず声を洩らし、慌《あわ》てて口を押さえた。武家女は、よほど喘ぎ声を出すのをはしたないものと思っているようだ。

正助は、突き放されないよう強く顔を押しつけ、もがく腰を抱え込んで押さえた。

柔らかな恥毛に鼻を擦《す》りつけて嗅ぐと、甘ったるい汗の匂いと、ほんのりしたゆばりの匂いが控えめに鼻腔《びこう》を刺激してきた。

舐めると、やはり淡《あわ》い酸味のヌメリが舌の動きを滑らかにさせ、彼は息づく膣口からオサネまで念入りに味わった。

やはり武家も町人も、さして変わりはないが、それぞれに艶《なま》めかしかった。

さらにオサネに吸い付きながら、指を濡れた膣口に差し入れ、内壁を小刻みに摩擦した。

「お、お許しを……！」

千賀が懸命に腰をよじり、指を噛んで声を抑《おさ》えつけた。

しかし、我慢すればするほど快感が高まったようで、ましてこのような愛撫を受けるのは初めてなのだろう。千賀はたちまちガクガクと狂《くる》おしく腰を跳《は》ね上げ、気を遣《や》ってしまった。

「く……！」

さすがに大声は洩らさぬまま呻き、弓なりに反《そ》り返って硬直し、ヒクヒクと痙攣《けいれん》した。蜜汁も大洪水になり、やがて急に強ばりが解けると、千賀は失神したようにグッタリとなってしまった。

もう舐めても反応がないので、正助は舌と指を引っ込め、彼女の股間から這い出した。すると千賀は、荒い呼吸を繰り返しながらノロノロと横向きになり、身体を縮《ちぢ》めてしまった。

今なら自分を失っているので、少々のことをしても大丈夫だろう。

正助は顔を移動させ、千賀の爪先《つまさき》に鼻を割り込ませ、蒸《む》れた指の股を嗅いだ。そしてしゃぶり付いて、汗と脂《あぶら》の湿り気を味わい、さらに彼女の突き出された尻の方に回っていった。

白く豊満な尻は実に色っぽく、指でムッチリと谷間を広げると、薄桃色の蕾《つぼみ》がひっそり閉じられていた。鼻を埋め込むと、ひんやりした双丘が顔中に密着し、秘《ひ》めやかな微香が胸に沁《し》み込んできた。

充分に武家女の匂いを嗅いでから、舌先で細かな襞を舐め回し、内部にもヌルッと潜《もぐ》り込ませて粘膜まで味わった。

正助は激しく勃起しながら、舌を出し入れさせるように動かしはじめた。

三

「ク……」

千賀が、少しずつ自分を取り戻しはじめたように呻き、潜り込んだ舌先をモグモグと肛門で締め付けてきた。

正助は心ゆくまで味わい、彼女がもがきはじめると、ようやく舌を引き抜き、また向かい合わせに添い寝していった。

「何をなさったのです……」

千賀が、朦朧《もうろう》としながらも咎《とが》めるように言った。

「ねえ千賀、上から入れてほしい……」

正助は熟れ肌に密着し、甘い匂いに包まれながら言った。

「なりません……、殿を跨《また》ぐなど……」

「姫に出来ないことを、今のうちにしておきたい。さあ……」

彼は仰向けになり、まだ熱い呼吸を繰り返している千賀を上に抱き寄せた。

千賀も快楽の連続にすっかり日頃の慎《つつし》みも忘れ、そろそろと彼の股間に跨がってきてくれた。

「いいですか。これきり、誰にも内緒ですよ……」

「分かった」

答えると、彼女はのしかかりながら股間に手をやり、屹立した肉棒に指を添えて、先端を濡れた陰戸にあてがった。

そして息を詰め、ヌルヌルッと受け入れながら股間を密着させていった。

「う……」

千賀は小さく声を洩らし、根元まで納めて身を重ねてきた。

正助も両手を回してしがみつき、肉襞の摩擦と温《ぬく》もり、きつい締め付けに包まれて高まった。

「ああ……、気持ちいい……」

「突いて下さいませ。強く奥まで……」

正助が喘ぐと、千賀も懸命に喘ぎを堪えながら腰を遣《つか》ってくれた。

大量に溢《あふ》れる蜜汁がクチュクチュと卑猥《ひわい》な摩擦音を立て、その音に彼女も興奮を高めたようだ。

恐らく、これほど濡れるのは初めてのことなのだろう。

「ねえ、唾《つば》を飲みたい。いっぱい垂《た》らして……」

「いけません、汚いですから……」

せがむと、千賀はキュッと膣内を締め付け、甘い息で答えた。

「戦場で喉が渇いたときは、家臣の唾やゆばりを飲むこともあろう。さあ」

そうした理屈だけはすぐに浮かび、正助は熟れ肌の重みと温もりを受け止めながら突き上げ続けた。

千賀も、しなければ終わらぬと悟《さと》ったように、観念して形良い唇をすぼめた。

そして白っぽく小泡の多い唾液をトロリと吐き出してくれ、舌に受け止めた正助はうっとりと味わい、心地よく喉を潤《うるお》した。

「美味《おい》しい、もっと……」

彼は囁き、下から彼女の顔を引き寄せ、ピッタリと唇を重ねた。

千賀もチロチロと舌をからませながら、ことさらに多めの唾液を口移しに注《そそ》いでくれ、正助は飲みながら激しく高まった。

充分に滑らかな舌の感触と生温かな唾液のヌメリを味わってから、さらに正助は鼻を美女の口に押し込み、花粉臭の息で鼻腔を満たしながら律動し、とうとう昇り詰めてしまった。

「い、いく……！」

突き上がる快感に呻き、熱い大量の精汁を勢いよく内部にほとばしらせると、

「ヒッ……！」

噴出を受け止めた千賀が息を呑み、そのままガクガクと痙攣し、激しく気を遣ってしまった。膣内の心地よい収縮も最高潮になり、彼女は股間を擦りつけながら乱れに乱れた。

粗相したかと思えるほど大量の潮を噴《ふ》き、正助は最後の一滴まで出し切っても、千賀はいつまでも身悶《みもだ》え、熟れ肌を波打たせていた。

すっかり満足した正助は動きを止め、収縮にヒクヒクと反応した。そして美女の甘い息を嗅ぎながら、うっとりと余韻を噛み締めたのだった。

いつしか千賀も、肌の強ばりを解いてグッタリと彼にもたれかかり、さすがに体重をかけてはいけないと思ったか、そろそろと股間を引き離して、ごろりと添い寝していった。

「ああ、気持ち良かった……。千賀も良かった？」

「ええ……、これが、気を遣るということなのですね。まるで宙を舞うような……」

囁くと、千賀は息も絶えだえになりながら小さく答えた。

そして生まれて初めて得たであろう絶頂に戸惑い、身を離してからも何度かビクッと肌を震わせていた。

「この次は、必ず殿が上になって下さいませ……」

千賀が言い、殿と呼ばれて正助は責任の重さを感じるとともに、とにかくより多くの情交をしようと思うのだった。

やがて千賀が身を起こし、懐紙で一物を拭《ぬぐ》ってくれ、陰戸も手早く処理をして襦袢だけ羽織《はお》った。

「では湯殿に参りましょう」

言われて正助も立ち上がり、やはり襦袢だけ着て部屋を出た。廊下《ろうか》の向かいが、すぐ湯殿となり、風呂桶《おけ》には湯も張られていた。

互いに襦袢を脱いで彼が木の椅子《いす》にかけると、千賀は湯加減を見てから浴びせ、糠《ぬか》袋《ぶくろ》で全身を洗い流してくれた。

合間に、千賀も急いで身体を流し、陰戸のヌメリも洗い落とした。

「ご正室を迎える他にも、もし側室のお心当たりがあれば呼び寄せますが」

正助を湯に浸《つ》からせると、千賀が言った。

「ならば春日屋の桃を」

「ええ、あの娘ならば見目麗《うるわ》しく、良いと思います。明日にも春日屋へ出向いて話してみましょう」

千賀が請け負ってくれ、正助は、タキの喜ぶ顔が目に浮かぶようだった。

やがて湯から上がると、彼は簀《す》の子《こ》に腰を下ろした。

「ね、ここに立って」

「何をなさるのです……」

正助は彼女を目の前に立たせ、片方の足を浮かせて風呂桶のふちに乗せさせた。そして開かれた股に顔を埋めた。

「またそのようなことを……、どうか、一国の主ということをお忘れなく……」

千賀はたしなめるように言ったが、まだ余韻に朦朧となり、されるままになった。

湯に濡れた茂みに鼻を埋めたが、もう濃かった匂いも洗い流されてしまった。

それでも柔肉とオサネを舐め回すと、新たな淫水が湧《わ》き出して淡い酸味が舌を濡らしてきた。

「い、いけません……、そんな犬のような真似《まね》は……」

「ねえ千賀、ゆばりを出して」

「な、何を仰《おお》せですか……！」

千賀は驚き、ビクリと身じろいだが、正助は豊満な腰を抱きすくめ、その体勢を保たせた。

「山野に迷い、喉の渇きを訴えているのだ。ゆばりを飲ませねば死ぬという有様を思えば何とか出来よう」

正助は、また勃起しながら屁理屈《へりくつ》を捏《こ》ね、千賀の陰戸を舐め回した。

「アア……、何と、困ったことを……」

「余の上に乗っての交接も内緒なら、もう一つ秘密が増えても同じことだろう」

言うと、やはり千賀も、しなければ終わらぬと思ったか、懸命に下腹に力を入れて尿意を高めはじめてくれた。生まれて初めて気を遣った余韻をまだ引きずり、彼女も相当に自分を失っているようだった。

「ああ……、本当に出ます……、お許しを……」

千賀が息を詰めて言うなり、割れ目内部の味わいと温もりが変化し、チョロチョロと温かな流れがほとばしってきた。

それを舌に受け止め、控えめな味と匂いを堪能しながら喉に流し込んだ。

勢いが増すと口から溢れた分が胸から腹に伝い、早くも回復してきた一物を温かく浸した。

「アア……、こ、このようなことをするなど……」

千賀は息も絶えだえになって言い、立っていられないほどガクガクと両膝を震わせた。それでも流れはすぐに治まり、正助はポタポタと滴《したた》る雫《しずく》を舐め取り、オサネに吸い付いた。

「も、もう堪忍《かんにん》……!」

千賀は言うなり、とうとう足を下ろし、そのままクタクタと座り込んでしまった。

正助は抱き留め、残り香《が》を味わいながら自分で手桶の湯を汲《く》み、お互いの身体を洗い流した。

そして千賀が正気を取り戻すのを待ってから支えて立ち上がり、互いに身体を拭いて寝所へ戻っていったのだった。

また朦朧としている彼女を仰向けにさせ、正助は今度こそ本手《ほんて》（正常位）で挿入していき、美女にのしかかっていった。

「ああッ……！」

根元まで押し込むと、さすがに千賀も思わず声を洩らし、下から両手で激しくしがみついてきた。正助はすぐにも激しく腰を突き動かし、そのまま一気に絶頂を目指していったのだった。

四

「驚きました。淫気の強さはご先代並みです。良明公が病弱で心許なく思っておりましたので、実に頼もしく嬉しゅう存じます」

事が済んで身繕《みづくろ》いをすると、千賀が恭しく辞儀をして正助に言った。しかし喜びの半面、困ったような複雑な表情も浮かべていた。

先代の正良は、淫気が強くて多くの側室を抱いたようだったが、出来た子は良明と正助の二人だけだったのだ。

「しかし淫気が強すぎるあまり、おかしなことをされるのは困りものです……」

「それは、陰戸を舐めたりすることか。千賀も、余の一物を口で可愛がってくれたではないか」

正助は、また股間を熱くさせながら答えた。

「あれは少しでも早く精汁を確かめるため、指では埒《らち》があかぬと思い、やむなくしたことにございます。間違っても、ご正室に求めてはなりませんよ」

「ああ、そのぶん千賀がしてくれるのなら、姫に厄介《やっかい》はかけぬ」

正助は、芝居がかりながらも、次第に若殿の言葉が板につきはじめていた。

「どうか困らせないで下さいませ。それに、私が半分気を失っているとき、足の指やお尻の穴まで舐めましたね。あのようなことは二度と……」

千賀は、あれこれを思い出してきたように頰を染めて言った。まして、湯殿でゆばりまで放ったことは忘れようもないだろう。

羞《は》じらいの風情《ふぜい》が何とも艶めかしく、また正助は淫気を催《もよお》してしまった。

「ねえ、またしたい」

「いけません。今日はすでに三度、精を放っているはず。覚えたてで夢中になるのも分かりますが、何事も過ぎるのは良くありません。とにかく、藩の一番上にいらっしゃることだけお忘れなきように」

千賀は言って深々と頭を下げ、やがて寝所を出て行ってしまった。

やがて日が傾《かたむ》く頃になると夕餉《ゆうげ》となり、今まで見たこともないようなご馳走《ちそう》に目を見張った。

そして夕餉を済ませると、部屋に戻り、入ってきた征之進に藩のあれこれや今後のことなど簡単に説明を受け、寝ることになった。

身体の芯《しん》は熱いが、確かに三度射精したので心地よい疲労に包まれ、正助は柔らかな布団で眠りに就いたのだった……。


――翌日から、さらに正助は千賀から藩の歴史、武家の作法を習った。淫気を催しても、千賀は一切受け付けず厳しかった。油断すると、自分も快楽に溺《おぼ》れてしまうことを自覚したのだろう。

正助が武家のことを学んでいる間にも、江戸屋敷と国許では書状を交わし合い、正助が藩主となった手続きも済んだようだった。

そして将軍家からも、大目付が訪ねてきて、正助着任の確認を行なった。

それは征之進が同席したし、正助も言われた通りの作法を行なったので、万事滞《とどこお》りなく済んだ。

大目付も、当家が喪中であることを慮《おもんばか》り、面倒のないよう取り計《はか》らってくれたようだった。

あとはいずれ城中へ赴き、将軍家斉《いえなり》にお目見えしなければならないし、また国許へも行って藩士たちに顔を見せなければならないが、それもまだまだ当分先のことであった。

やがて桃が、屋敷にやって来た。

綺麗な着物を着てうっすらと化粧をし、淑《しと》やかで緊張気味に、千賀に付き添われて正助に拝謁《はいえつ》してきた。

「桃でございます。どうかよろしくお願い致します」

「そんな他人行儀な。気楽にして下さいね」

神妙に桃が言うと、正助は気さくに答えてしまい、千賀に睨《にら》まれてしまった。

いかに旧知でも、武家というのは作法を重んじるべきと、さんざん教えられたのである。

「うん、あい分かった。我が家のようにゆるりと暮らせ」

正助は言い直し、よそ行きの衣装と表情の桃に淫気を催した。桃もまた、数日のうちにすっかり若殿然とした正助の風情に身を硬くしていた。

拝謁を終えると、桃は千賀に案内され、与えられた部屋へと行ってしまった。

早く抱きたいが、夕餉が済むまで待たなければならない。

正助は夕刻まで、仕方なくまた武家の作法と藩の知識を得ることに没頭したのだった。

やがて日が傾くと湯殿を使い、夕餉を済ませ、正助は寝巻に着替えて寝所に入って待った。

むろん千賀も承知しているので、間もなく寝巻姿の桃が入ってきた。

千賀も正助に任せ、覗くようなことはしないだろう。

「ここへ」

正助は布団をめくり、隣に桃を招《まね》き入れた。

「ああ、会いたかった。やっと二人きりになれたね」

正助は囁き、桃に腕枕してもらい胸に抱かれた。桃も、ようやく安心したように肩の力を抜いた。

「おタキさんは、どうだった?」

「ええ、たいそう喜んでいました。おとっつあんは少し寂《さび》しそうでしたが」

「ああ、そうだろう。近いのだから、いつでも気軽に帰れるよう取り計らうからね」

「有難うございます。でも、すっかりお殿様の感じになっていますね」

桃が、近々と彼を見つめて囁き、正助も久々に美少女の甘酸《あまず》っぱい息を嗅いで激しく勃起してきた。

「うん、千賀が武家の作法に厳しいからね。自然に顔つきもそれらしくなってしまうけど、こうして二人でいるときは奉公人の正助だから呼び捨てにして」

「そうは参りません。殿……。私も千賀様から、さんざん言われました。いくら殿に命じられても、失礼に当たることは決してするなと……」

「そんなことはいいさ。二人きりなのだから」

正助は言い、桃の息の匂いに酔いしれながら帯を解き、彼女の寝巻の胸元を開きながら、可愛らしい乳首に吸い付いていった。

「ああッ……」

桃がビクッと肌を震わせ、熱く喘いだ。

「あんまり声を出さない方がいいよ」

「そうでした。千賀様から注意されていたのです……」

桃が言い、正助も顔中を柔らかな膨らみに押しつけながら乳首を舌で転がした。

残念ながら、胸の谷間や腋からは湯上がりの匂いがしていた。

「これからは、風呂は済んだあとにして。桃さんの匂いが好きなのだから」

「承知しました。どうか、桃と……」

彼女は次第に息を弾ませ、うねうねと悶えながら答えた。

「じゃ桃、脱ごうね」

正助は言って布団をめくり、自分も手早く全裸になり、彼女の乱れた寝巻も取り去ってしまった。

互いに一糸まとわぬ姿になると、あらためて正助は桃にのしかかり、左右の乳首を交互に含んで舐め、腋の下にも顔を埋め込んで嗅いだ。湯上がりの匂いの中にも、やはり緊張があるのか、うっすらと甘い汗の匂いが籠もっていた。

最初は、大店《おおだな》のお嬢様と奉公人という関係だったが、今は賽《さい》の目の巡《めぐ》り合わせで、大名と側室という関係になっている。

こうして見ると、あらためて桃が美形で、素晴らしい肌の持ち主というのが分かった。そして意地悪な性格も、何とか引き出せないものかと思ったが、それは難しそうだった。

腋から脇腹を舐め下り、真ん中に移動して形良い臍《へそ》を舐め、張りのある腹部に顔中を押しつけて弾力を味わった。

さらに腰骨からムッチリとした太腿に舌で這い下りると、

「アア……」

桃がか細く喘いだ。感じてもいるが、このまま足まで舐められて良いものかどうか迷っているのだろう。

もちろん正助は続行し、丸い膝小僧を舐め、滑らかな脛《すね》をたどって足首へ下り、とうとう足裏に顔を押し当ててしまった。

「と、殿……」

「じっとしていて」

戸惑う桃に答え、正助は踵《きびす》から土踏まずを舐め、縮こまった指の間に鼻を割り込ませた。そこはほんのり湿り、蒸れた臭いも微《かす》かに感じられた。

爪先にしゃぶり付き、順々に指の股にヌルッと舌を挿し入れていくと、

「く……！」

桃は懸命に奥歯を噛み締め、喘ぎ声を堪えていた。

正助は充分に味わい、もう片方の足指も念入りにしゃぶってから、彼女を俯《うつぶ》せにさせた。

そして踵から脹ら脛、ヒカガミから太腿、尻の丸みを舐め上げていった。

腰から滑らかな背中を舐めると、そこもうっすらと汗の味がし、肩まで行って髪の匂いを嗅ぎ、耳を舐め、うなじから再び背中を舐め下りていった。

脇腹にも寄り道をし、たまに軽く歯を立てて弾力ある肌を味わい、やがて再び形良い尻まで戻ってきた。

俯せのまま股を開かせ、指でムッチリと谷間を広げ、奥でひっそり閉じられた蕾に鼻を埋め込んで嗅いだ。やはり淡い汗の匂いだけで、生々しい匂いが感じられず残念だった。

それでも正助は、興奮しながら舌を這わせ、蕾の襞を舐め回した。

五

「あう……、ど、どうか、おやめ下さいませ……」

ヌルッと舌を押し込むと、桃がキュッと肛門を締め付けながら呻いた。

もちろん正助は執拗に潜り込ませ、滑らかな粘膜を味わいながら舌を蠢《うごめ》かせた。

そして充分に愛撫してから彼女を仰向けにさせ、脚をくぐって股間に顔を寄せていった。

喘ぎを堪えることで、さらに快感が増していたか、桃の陰戸は大量の蜜汁でヌルヌルにまみれていた。

割れ目からはみ出した陰唇は興奮に色づき、溢れた淫水は内腿まで濡らし、光沢あるオサネがツンと突き立っていた。

正助は顔を埋め込み、柔らかな若草に鼻を擦りつけて嗅いだ。

湯上がりの匂いに混じり、ほんのり彼女本来の体臭が甘く籠もり、大量の淫水による生臭い成分も微かに感じられた。

正助は何度も胸いっぱいに吸い込んで嗅ぎ、舌を這わせていった。

トロリとした淡い酸味のヌメリを味わい、息づく膣口の襞をクチュクチュ掻《か》き回して、オサネまでゆっくり舐め上げていった。

「アア……、い、いけません……」

桃が、ヒクヒクと白い下腹を波打たせて喘いだ。

正助は執拗に舌先でチロチロとオサネを弾くように舐めては、新たに溢れる蜜汁をすすった。

「ね、跨いで……」

やがて正助は股間から離れ、仰向けになって言った。

「そ、そんなこと……」

「誰にも内緒だから大丈夫」

彼は言って桃を引き寄せ、顔に跨がらせながら彼女の顔を一物へと屈ませた。

桃は震えながら、女上位の二つ巴《どもえ》の体勢になり、仰向けの正助の顔に股間を押しつけながら、自分は一物にしゃぶり付いてきた。

亀頭が含まれ、熱い鼻息がふぐりをくすぐった。

股間を突き上げると、先端が桃のヌルッとした喉の奥の肉に触れ、生温かな唾液がたっぷり溢れて肉棒を浸《ひた》してきた。

「ンン……」

桃が呻き、チュッと強く吸い付いてきた。

正助も、美少女の可愛い肛門を見上げながらオサネを舐め、吸い付くたびに桃の吸引も強まった。

小刻みに股間を突き上げると、桃も濡れた口でスポスポと摩擦してくれ、たちまち正助は高まっていった。

「跨いで、上から入れて……」

彼は言い、口を離して顔を上げた桃を向き直らせた。

「どうしても、私が上ですか……」

「ああ、下から見上げたい」

言いながら手を引くと、桃も逆らえずに恐る恐る跨がってきた。そして自らの唾液に濡れた先端を、蜜汁にまみれた陰戸にあてがい、位置を定めてゆっくりと腰を沈み込ませていった。

たちまち一物は、ヌルヌルッと心地よい肉襞の摩擦を受けながら、滑らかに根元まで呑み込まれた。

「あう……！」

桃は声を上げそうになり、必死に口を押さえて深々と貫《つらぬ》かれ、ペタリと彼の股間に座り込んで密着した。

正助も、久々の温もりと感触を味わい、桃を抱き寄せた。

「また、前のように苛《いじ》めて欲しい。もっとも痕《あと》が付くほどつねられたり引っかかれるのは困るが」

「どうか、前のことはお忘れ下さいませ。命をかけてご奉公致しますので……」

「いや、懐かしいし、苛められても良いから触れられるのが嬉しかったのだ」

正助は、膣内でヒクヒクと幹を震わせて言い、美しい顔を近々と見上げた。

桃も、もう挿入の痛みよりは一つになった充足感の方が強く得られるようになり、快感にも目覚めはじめているようだった。

正助は、桃の顔を引き寄せ、喘ぐ口に鼻を押し込んだ。

「いい匂い……」

彼は、美少女の甘酸っぱい口の匂いで鼻腔を満たして言った。果実臭の息に、ほんのり乾いた唾液の匂いと、紅白粉の香りも微妙に入り交じり、その刺激が胸に沁み込み、さらに一物へと伝わっていった。

「唾を出して……」

鼻を引き離して言うと、桃も愛らしい唇をすぼめてトロリと唾液を吐き出してくれた。生温かく小泡の多い粘液を舌に受け、彼はうっとりと味わって飲み込んだ。

「顔にも、強く吐きかけて」

「そ、それは出来ません……」

「どうか、二人だけの秘密で」

正助が執拗にせがむと、桃もようやく唇に唾液を溜め、ペッと軽く吐きかけてくれた。粘液が鼻筋を濡らし、甘酸っぱい芳香が顔中を包み込んだ。

「もっと……」

言うと、いったんしてしまった以上桃も覚悟を決めたように、さらに強く吐きかけてくれ、正助はうっとりしながら彼女の口を引き寄せた。

桃は舌を這わせ、吐きかけた唾液を彼の顔中に塗《ぬ》り付けてくれた。

「ああ、気持ちいい……」

正助はズンズンと股間を突き上げながら、美少女の匂いに酔いしれ、急激に高まっていった。

「アア……」

桃が、小さく声を洩らした。

「痛くないか」

「はい、大丈夫です……」

気遣って囁くと、桃も答え、突き上げに合わせて腰を動かしてくれた。

大量の淫水が律動を滑らかにさせ、ピチャクチャと淫《みだ》らに湿った摩擦音も聞こえ、溢れた分がふぐりまで濡らしてきた。

「ね、正助って言って……」

「い、言えません……」

高まりながら囁くと、桃が息を震わせて嫌々をした。

「どうか、耳元で良いから」

正助が股間の突き上げを激しくさせて言うと、桃も彼の耳に口を押し当て、熱い息とともに、

「正助……」

と言ってくれた。

「ああ、いく……、お嬢様……！」

正助は絶頂の快感に貫かれながら口走り、ありったけの熱い精汁をドクンドクンと勢いよく柔肉の奥にほとばしらせた。

「アァッ……、感じる、熱いわ……」

噴出を受け止めると、桃も声を上げ、ガクガクと狂おしく身を震わせた。

春日屋ですっかり下地が出来ており、武家屋敷に来た緊張と側室になれた喜びが加わり、ほぼ一人前の絶頂を迎えられたようだ。

膣内の収縮も高まり、正助は心地よい摩擦と締め付けの中、快感を貪りながら心ゆくまで出し切った。

すっかり満足しながら徐々に動きを弱めていくと、桃も次第にグッタリと力を抜いて彼に体重を預けてきた。

「ああ、良かった……」

正助は言い、深く突き入れて動きを止めた。

そして彼女の温もりを感じ、果実臭の息を間近に嗅ぎながら、うっとりと快感の余韻を噛み締めた。

まだ収縮する膣内に刺激され、幹がヒクヒクと跳ね上がると、

「く……！」

桃は感じすぎるように呻き、キュッときつく締め付けてきた。

「何だか、溶《と》けてしまいそうに気持ち良かったです……」

桃が、芽生《めば》えた快楽に声を震わせながら言い、正助も身を投げ出して答えた。

「これから、するごとに良くなるでしょう」

しばし重なったまま呼吸を整えると、やがて桃が枕元の懐紙を手にし、そろそろと股間を引き離していった。そして漏《も》れないよう陰戸に懐紙を当てて押さえ、濡れた一物も丁寧に拭き清めてくれた。

事後の処理も、千賀に言いつかっているのだろう。

正助が身を起こすと桃は寝巻を整えて、再び仰向けになった彼に掻巻《かいまき》を掛け、自分も手早く寝巻を着た。

「では、おやすみなさいませ……」

折り目正しく辞儀をして言い、やがて桃は行燈《あんどん》の灯《ひ》を消すと、彼の寝所を静かに立ち去っていった。

正助は、以前とは比べものにならぬ暮らしを噛み締め、やがて手足を伸ばして目を閉じたのだった。

第四章　無垢《むく》な姫君の熱き匂《にお》い

一

「何と、見目麗《うるわ》しい似合いの夫婦ではないか……」

老重臣たちが口々に言い、上座に並んだ正助と雪を見つめた。

今日は、良明の初七日も終え、正助は祝言を迎えていた。雪も、阿部藩邸から輿入《こしい》れをし、緊張に俯《うつむ》きながら正助の隣に座っていた。

阿部藩は東北にあり、生田藩よりやや格下である。

藩同士の婚儀だから、少々不器量でも仕方がないと思っていたが、それでも正助は十七歳の雪に会うのを楽しみにしていた。

すると、思っていた以上の美形ではないか。さすがに色白で華奢《きゃしゃ》、やや瓜実顔《うりざねがお》で鼻筋が通り、睫毛《まつげ》が長く人形のようだった。

正助は、厳粛《げんしゅく》な婚儀の最中でも、夜が楽しみで仕方がなくなった。

やがて三三九度《さんさんくど》が終わると、双方の藩士たちも打ち解けた宴《うたげ》となった。お開きとなったのは日が傾《かたむ》く頃。ようやく正助は着替えて湯殿を使い、湯を浴《あ》びて緊張を解いた。

千賀が半襦袢《はんじゅばん》姿で、背中を流してくれた。

「よろしいですか、くれぐれも粗相のないように」

「ああ、分かっている。陰戸《ほと》を舐《な》めたら駄目《だめ》なのだろう」

「むろんです。他のこともいろいろ」

「だが、ろくに濡《ぬ》れていないうち入れるのは痛いだろうに。指でオサネをいじって濡らすのは良いか」

「そ、それぐらいなら……」

千賀が背中を擦《こす》り、小さく嘆息《たんそく》して言った。彼女の甘い息を肩越しに感じると、正助はムクムクと勃起してきてしまった。

「余のこれを握《にぎ》らせるぐらいも良かろう」

正助は彼女に向き直り、激しく勃起した一物をヒクヒク上下させた。

「まあ、もうこんなに……、握らせるぐらいなら構いませんが、雪姫様が嫌がったらすぐおやめ下さいませ」

「ああ、分かった」

正助は答え、湯を浴びて立ち上がった。そしてしゃがみ込んでいる千賀の鼻先に、先端を突きつけた。

「ね、少しでいいから……」

「いけません。これから大切なお役目があるのですよ」

「だから、雪にできぬことを今」

言うと、千賀も口を開き、パクッと亀頭を含み、チロチロと舌先で鈴口を舐めてくれた。

「ああ、気持ちいい……」

正助は、股間に美女の熱い息を感じ、滑《なめ》らかな舌の愛撫《あいぶ》に幹を震《ふる》わせて喘《あえ》いだ。

「さ、もうよろしいでしょう」

千賀がスポンと口を引き離して言い、立ち上がった。

「少しだけ舐めたい」

入れ替わりに正助がしゃがみ込み、千賀の股間に顔を寄せた。

「な、なりません……」

「淫気《いんき》を高めておかねば、雪と交接できぬかも知れぬ。それでは困るだろう」

正助は言いながら、千賀の柔《やわ》らかな茂《しげ》みに鼻を埋《うず》め込んだ。彼女は湯に浸《つ》かっていないから恥毛の隅々には濃厚に甘ったるい汗の匂《にお》いと、ほのかなゆばりの匂いも悩ましく籠《こ》もっていた。

「ああ、いい匂い……」

正助は言い、美女の熟《う》れた体臭を貪《むさぼ》り嗅《か》いだ。

そして割れ目内部に舌を挿《さ》し入れ、息づく膣口の襞《ひだ》を舐め回し、オサネもチロチロと探った。

「あう……、も、もう駄目です……」

「じゃ、後ろを向いて」

千賀が降参するように言うと、正助は顔を離し、彼女に後ろを向かせた。

「もっと前屈みになって、尻を突き出して」

言うと千賀《かが》は恐る恐る屈み、彼の顔の方に白く豊満な尻を突きつけてきた。

両の親指でムッチリと谷間を広げ、奥に閉じられた桃色の蕾《つぼみ》に鼻を埋め込むと、淡《あわ》い汗の匂いに混じり、秘《ひ》めやかな微香が感じられた。

正助は何度も深呼吸して嗅ぎ、舌を這《は》わせて収縮する襞を探り、ヌルッと潜《もぐ》り込ませて粘膜も念入りに味わった。

「く……、どうか、もう……」

千賀はキュッと肛門で彼の舌先を締め付け、やがて言って身を起こした。

正助も、この辺りで諦《あきら》め、もう一度湯を浴びてから湯殿を出た。このままだと千賀に挿入して一回済ませてしまうだろう。

やはり無垢《むく》な姫君を相手にするのだから、淫気を満々にし、心して初物を味わわなければならない。

千賀も気を取り直し、甲斐甲斐《かいがい》しく正助の身体《からだ》を拭《ふ》いてから寝巻を着せてくれた。

「では寝所に。おそらく、雪姫様がお連れになった侍女《じじょ》も次の間に控《ひか》えているはずですので」

千賀が念を押すように囁《ささや》き、やがて正助は頷《うなず》いて寝所に入った。

待つうちに、雪も入ってきた。

やっと二人きりになったが、それぞれ左右の部屋には千賀と、雪の侍女がいることだろう。

「ふつつか者ですが、どうか末永《すえなが》く可愛《かわい》がって下さいませ……」

雪が端座し、深々と頭を下げて小さく言った。緊張に頬《ほお》が強《こわ》ばり、目を上げて正助を見られないようだ。

本来なら良明に嫁《とつ》ぐ筈《はず》だったが、相手が誰であろうと関係なく、とにかく雪は生田藩に嫁いできたのだった。

「こちらこそよろしく頼む。こたびの縁を嬉《うれ》しく思う」

正助は言い、雪を布団《ふとん》に招《まね》いた。

彼女が素直に仰向《あおむ》けになると、正助は雪の帯を解《ほど》き、そろそろと寝巻を左右に開いていった。

もちろん雪も身を清めており、一点の汚れもない白い柔肌が露《あら》わになった。

乳房は形良く張《は》りがあり、乳首も乳輪も清らかで初々《ういうい》しい薄桃色をしていた。

雪はか細く息を震わせ、身を強ばらせて、両手で胸を隠したいのを懸命に堪《こら》えているようだった。

正助も手早く寝巻を脱ぎ去って添《そ》い寝すると、そっと雪の白い顔に迫《せま》って唇を重ねていった。

柔らかな感触が伝わり、切れぎれの息がうっすらと甘酸《あまず》っぱく匂った。

舌を挿し入れ、滑らかな歯並びをたどり、間から奥へ侵入していった。姫君の口の中は、やや濃い果実臭が籠もり、正助は舌をからめながら、そっと雪の乳房に手を這わせた。

「ク……」

雪がビクッと反応し、小さく息を呑《の》んだ。

正助は指の腹で乳首をいじり、育ちの良い美少女の唾液と吐息を貪った。

柔らかかった乳首も、刺激に次第にコリコリと硬くなってゆき、その反応に正助も激しく勃起した。

それにしても、ろくに顔も見ず会話も交わしていないのに、すぐ情交しなければならないのだから、武家というのもおかしな世界だった。話に聞く吉原《よしわら》だって、もう少し肌を重ねる前に互いを知るため話すだろうと思ったものだ。

「心地よいか？」

耳に口を当てて囁くと、

「く、くすぐっとうございます……」

雪も、内緒話のようにか細く答えた。囁き声でも会話できるのは嬉しく、正助は彼女の手を取り、そっと一物に導いた。

「あ……」

雪が小さく声を洩《も》らし、ビクリと手を離そうとしたが、正助は強引に握らせてしまった。

「これを、そなたの陰戸に入れねばならぬ。聞いておるな？」

「はい……」

言うと、雪も素直に答えた。

もちろん襖《ふすま》の向こうにいる侍女には聞き取れない囁きである。

「最初に入れるときは痛いと聞き及《およ》ぶが、大丈夫か」

「はい……」

雪は頷き、それでも少し恐ろしげに息を震わせた。

正助は、ほんのり汗ばんで柔らかな手のひらの中でヒクヒク幹を動かすと、雪もほんの少しだけ、ニギニギと指を動かしてくれた。その無垢な感触が何とも心地よく、彼は姫君の手の中で最大限に膨張《ぼうちょう》していった。

「濡らせば痛みは和《やわ》らぐから、しばし気を楽にしておれよ」

正助は言い、移動して雪の無垢な乳首にチュッと吸い付き、滑らかな肌を撫《な》で下ろしていった。

「う……」

雪はビクリと肌を強ばらせ、小さく息を詰《つ》めた。正助は乳首を舌で転がし、指はムッチリとした内腿《うちもも》を撫で上げ、股間に迫っていった。

丘に触れると、柔らかな若草が楚々《そそ》と煙《けむ》り、丸みのある割れ目に触れると、僅《わず》かにはみ出した陰唇は、まだ濡れていなかった。

正助は、乳首を舐めながら指で陰戸を探り、陰唇をそっと広げて、膣口周辺からオサネあたりまで触れていった。

二

「ああ……」

雪がか細く喘ぎ、それでも懸命に奥歯を噛《か》んで声を殺していた。

正助は、強く吸うと痛いだろうから優しく乳首を吸い、指の腹でもそっとオサネをいじってやった。

次第に雪の柔肌がうねうねと悶《もだ》えはじめ、息が熱く弾《はず》み、腋《わき》からも甘ったるい匂いが漂《ただよ》ってきた。そして様子を探るように指を膣口に戻すと、少しずつヌラヌラと潤《うるお》い始めてきたではないか。

「濡れてきたのが分かるか。ほら……」

滲《にじ》みはじめた淫水を指に付け、なおもオサネを微妙に愛撫しながら囁いた。

「え、ええ……、でも、恥ずかしゅうございます……」

雪が消え入りそうな声で答えた。

「今までに濡れたことはあるか？」

「ございます……」

「何、あるか。どのように」

雪の意外な答えに、正助は驚いて聞き返した。

「交接であまりに痛いときは、次からはこっそり自分でいじって濡らせと篠《しの》が」

篠というのは、同行してきた雪の侍女だろう。

「そうか、それで？」

「どのようにするのか篠が指でしてくれました。いま殿がして下さっているように」

雪のかぐわしい囁きに、正助はゾクゾクと興奮を高めた。

「左様《さよう》か、よく話してくれた」

正助は言いながら、なおもオサネをいじり、すっかり蜜汁が溢《あふ》れてきたことも確認した。

「濡れたときは、心地よかっただろう」

「はい……」

雪が羞《は》じらいながらも素直に頷き、その間も、彼女はニギニギと一物を握り、指の腹で鈴口をいじってきた。

「ああ……、心地よい……」

「殿も、少し濡れて参りました……」

正助が喘ぐと、雪がか細く囁いた。

「ならば、交接して良いか」

「はい……」

雪が答えると、正助は身を起こし、陰戸から指を離した。

雪も一物から手を離し、いよいよという緊張で、身構えるように大きく息を吸い込んだ。

彼女が目を閉じているので、正助は濡れた指先を嗅ぎ、チロリと舐めてしまった。

甘い匂いがほんのり付着し、淫水の味は淡すぎて分からなかった。

そして雪の股《また》を開かせ、その間に身を割り込ませ、屹立《きつりつ》した一物を構えて股間を進めていった。

急角度の幹に指を添えて下向きにさせ、迫った割れ目を見下ろすと、楚々とした茂みと初々しい陰戸、潤いにヌラつく花びらが見えた。

先端を押し当て、蜜汁をまつわりつかせるように擦りながら位置を定めていった。

「良いか、入れるぞ」

「は、はい……」

囁くと、雪も息を詰めて消え入りそうな声で答えた。

正助がグイッと股間を進めると、張りつめた亀頭がヌルッと潜り込み、生娘の膣口が丸く押し広がり、きつくくわえ込んできた。

それでも潤いがあるので、最も太い雁首《かりくび》が入ってしまうと、あとは滑らかにズブズブと根元まで押し込むことが出来た。

「く……！」

雪が眉《まゆ》をひそめ、奥歯を嚙み締めて呻《うめ》いた。

正助は熱いほどの温《ぬく》もりときつい締め付けを味わい、股間を密着させながら脚を伸ばし、身を重ねていった。

彼女の肩に腕を回すと、雪も支えを求めるように下から両手を回してしがみついてきた。

股間を密着させたまま温もりと感触を嚙み締め、正助は屈み込んで、あらためて左右の乳首を舐め回し、柔らかな膨《ふく》らみを顔中で味わった。

しかし雪は破瓜《はか》の痛みに硬直し、乳首への反応はなかった。

正助は充分に乳首を味わってから、雪の腋の下に顔を埋め、ジットリ汗ばんで湿《しめ》った和毛《にこげ》に鼻を擦《す》りつけ、ほのかに籠もる甘ったるい体臭で鼻腔《びこう》を満たした。

そして白い首筋を舐め上げ、そっと耳たぶを含み、締まる膣内でヒクヒクと肉棒を震わせた。

「痛むか。しばしの辛抱だぞ」

「だ、大事ございません。どうかご存分に……」

気遣《きづか》って耳元で囁くと、雪も健気《けなげ》に答えた。

もちろん痛くても、精汁を放たなければ役目が終わらない。それに、いじって濡れるのだから、今後はするごとに良くなり、さらには様々なことが出来るようになるかも知れなかった。

「では動くぞ」

正助は言い、きつい膣内でそろそろと一物を引き抜き、また押し込み、その動きを次第に調子づけていった。

「う、んん……」

雪が懸命に息を詰めて呻き、彼の背に回した両手にも力を込めてきた。

少なからずヌメリがあるのと、次第に雪も痛みが麻痺《まひ》してきたか、徐々に律動は滑らかになり、微《かす》かにクチュクチュと摩擦《まさつ》音すら聞こえてきた。

正助は高まりながら、雪の喘ぐ口に鼻を押し当て、上品な果実臭を嗅いで動きを速めていった。

かぐわしい湿り気が鼻腔を刺激し、深々と突き入れるたび、さらに熱い息が正助の肺腑《はいふ》に満ちてきた。

長引かせる必要はなく、初回は早い方が雪も楽だろう。だから正助も、いつしか遠慮なく股間をぶつけるように突き動かし、摩擦快感に高まった。

「く……、いく……」

正助はあっという間に昇り詰め、絶頂の快感に呻いた。同時に、熱い大量の精汁がドクンドクンと勢いよく柔肉の奥にほとばしった。

「う……」

雪も、噴出を感じたか、あるいは終盤に差しかかったことを無意識に察したか、小さく声を洩らし、精汁を飲み込むように膣内を収縮させた。

正助は快感を噛み締め、心置きなく最後の一滴まで出し尽くし、徐々に動きを弱めていった。

雪は、すっかり硬直が解けてグッタリと身を投げ出していた。正ようやく動きを止め、一物は断末魔《だんまつま》のように膣内でヒクヒクと震えた。正助はもた助はもたれかかり、可愛らしく甘酸っぱい息を間近に嗅ぎながら、うっとりと快感の余韻《よいん》に浸《ひた》り込んだのだった。

「大丈夫か。つい激しくしてしまったが」

「はい……」

呼吸を整えて囁くと、雪も薄目を開けて彼を見上げながら小さく頷いた。

やがて正助は身を起こし、そろそろと股間を引き離した。

そして懐紙を手にすると、

「わ、私が致します……」

必死に雪が起きようとするので、正助は押しやって仰向けのままでいさせた。

「良い、休んでおれ」

彼は言って手早く懐紙で一物を拭《ぬぐ》い、雪の陰戸を見下ろした。陰唇が痛々しくめくれ、膣口から逆流する精汁に鮮血が混じっていた。

「失礼致します……」

と、そこへ声がかかって襖が開き、篠が静かに入ってきたのだった。

「どうか、あとは私が」

篠が言い、懐紙を手にして雪の股間に屈み込んでしまった。雪が起きられず、藩主が陰戸を拭こうとしたので、見かねて入ってきたようだ。

篠は雪の陰戸を丁寧《ていねい》に拭い、身を起こして寝巻を整えた。そして、布団に座っている正助に向き直り、深々と頭を下げた。そのとき、済んだばかりの一物もチラと見たように思った。

「篠でございます。明日、あらためてご挨拶《あいさつ》申し上げます。ではお疲れ様でした。さあ、雪様」

篠は折り目正しく言い、まだ頬を上気させている雪に言って立たせ、静かに寝所を出て行った。

二十代前半の、なかなかに良い女だった。顔立ちは平凡だが、内から滲む気品と教養が感じられ、一方で雪のオサネをいじって濡らす教授もしているから、案外洒脱《しゃだつ》なところがあるかも知れないと思った。

正助は自分で寝巻を着て、再び床《とこ》に横になった。

篠が入ってきたから、千賀も対抗して来るかと思ったが、どうやら務めも終えたので自分の部屋に下がったようだ。

もっともこの部屋へ入ると、また正助が淫気を催《もよお》し、疲れさせて眠りを妨《さまた》げると気遣ったのかも知れない。

とにかく、これで正助も所帯持ちになったのである。妻のみならず、多くの藩士や領民を抱《かか》えた大所帯なのであるが……。

三

「雪様は、殿の細やかなお気遣いにことのほか感激され、お優しい方に嫁げて良かったと涙ぐんでおりました。私も嬉しゅう存じます」

翌日、篠が正助の部屋を訪ねて報告した。

篠は二十三歳。阿部藩士の家に生まれ、十八で上士に嫁いだが、千賀のように夫に先立たれ、以後は雪姫の身の回りの世話をしてきたようだ。

どうも、後家になると再婚よりお家のために生きようと思うものらしい。

雪も篠を姉のように慕《した》い、それでこたびの同行になったようだ。

「そうか、雪がそう申していたのなら余も嬉しい」

正助が答えると、篠は居住まいを正し、改まったことを訊《き》いてきた。

「殿は、急逝《きゅうせい》なされた良明様の弟君と伺《うかが》っておりますが」

「ああ、腹違いの弟だが、それを知ったのは最近のこと。つい先日まで町人暮らし、昨年秋までは野良《のら》仕事をしていた」

藩同士の婚儀が済んだ以上、隠すこともないし、すでに征之進が阿部藩主に説明したことだろう。

「さ、左様でございますか……、それにしては色がお白い……」

「少々焼けても、すぐ戻り、指も身体もさしてごつくならなかった」

正助が笑《え》みを含んで気楽に言うと、篠も包み隠さず言う彼に好感を持ったように表情を和らげた。

そこで今度は正助が篠に訊いた。

「雪とは、毎夜行なうのが良いのだろうか。千賀は堅物で、そうしたことは教えてくれぬ」

初めて接する篠に興味があるので、正助は千賀を引き合いに出し、際《きわ》どい話題に持っていった。

「それは、殿がお疲れでなければ、毎夜が望ましゅう存じます。雪様も、早く孕《はら》むのがお役目。しかも、続ければ早く痛みも消え去りましょう」

篠が、歯切れ良く答えた。

「毎夜で、雪の身体に負担はかからぬか」

「ああ、さすがにお優しゅうございます。女というのは少々未熟でも、殿方の求めに応じて成長いたしますので、大事ございません」

「左様か。して、少々言いにくい話になるが……」

「構いません。どのようなことでも」

正助が言うと、篠も秘密めくように少々顔を寄せてきた。

「痛みを和らげるには淫水を溢れさせるのが良いと思うが、雪の臍《へそ》より下は舐めてはいかぬと、千賀にきつく言われておる。他に、雪の感じるところはないか」

「う……」

篠は思わず笑いそうになり、急いで口を押さえた。

「し、失礼……、何と、真っ直《ます》ぐで楽しいお殿様でございましょう」

「真っ直ぐかどうか分からぬが、この間まで町人だったため、春本を見たこともあるゆえ」

正助は、篠が見かけほどの堅物でないことを喜び、すっかり心根が通じ合ったような気になった。

「実は私もお輿入れの前に、雪様の痛みが和らぐよう、オサネをいじることをお教えしてしまいました」

「ああ、雪から聞いた」

「まあ……！　何を囁き合っているのかと思っておりましたが……」

言うと、篠は耳たぶまで真《ま》っ赤《か》になり、ほんのり甘い匂いも漂って、正助はムクムクと勃起してきてしまった。

「雪様には、できうる限りのことをお教えしました。オサネをいじったり、それでも濡れぬ時はそっと唾《つば》を塗《ぬ》り付けるとか、あるいは殿がなかなか果てぬ時には指であちこちいじることも」

「なるほど。篠はそうした技に長《た》けているのか」

正助は、やや濃くなった甘い匂いに酔いしれながら訊いた。

「とんでもございません。ただ、私の夫はことのほか淫気が強い人で、しかも冬中は雪に閉ざされる領地のため、毎夜温《お》め合うていろいろ教え合いました」

「左様か。ならば雪の肌にも触れ、様々に感じる部分も熟知していよう。それを教えて欲しい。いや、実際に行ないながら習いたいが、無理か」

正助は、思いきって言ってしまった。

「わ、私は雪様に一生お仕えするつもりでおります。しかし、雪様が嫁がれた以上、殿もまた私にとっては大切な主君ですので、お命じになるなら、どのようなことでもいたします」

「そうか」

言われて、正助は喜色を浮かべ、後戻りできないほど激しく勃起していった。

そして正助が手を叩くと、近くにいた女中が襖の向こうにやって来た。

「お呼びでございますか」

細く開いて、若い女中が言った。

「千賀はいるか」

「いま所用で神田の方へお出かけでございます」

女中が答えた。あるいは千賀は春日屋へ赴《おもむ》き、桃の仕度《したく》に足りないものなど言いつけに行っているのかも知れない。

「そうか、分かった。では余が呼ぶまで誰も来ぬように」

「承知いたしました」

女中が恭《うやうや》しく答え、襖を閉めて去っていった。

足音が遠ざかると正助は立ち上がり、次の間の寝所へと篠を誘った。

当面は子作りが使命のため、常に床は敷き延《の》べられている。

「雪の方は、戻らなくても大丈夫か」

「はい、生田藩の成り立ちを学んでおいでです」

篠《しの》が答える。雪もまた、正助のように藩のことは大まかなりとも把握《はあく》していないとならないのだろう。

「では脱ごう」

「はい……」

正助が帯を解いて着流しを脱ぎながら言うと、篠も帯を解きはじめた。

たちまち二人とも一糸まとわぬ姿になると、正助は布団に座り、篠を横に仰向けにさせた。

いかに亡夫と情交の限りを尽くしていようとも、さすがに一国の大名が相手となると、相当緊張しているようだ。まして若後家になってから一年余り経《た》つようで、淫気も溜《た》まっていることだろう。

篠は雪と同じく、透《す》けるほどに色白の肌をしていた。

ほっそり見えたが、乳房は案外豊かに息づき、腹部がくびれて、また腰の丸みが艶《なま》めかしく強調されていた。

股間の茂みは情熱的に濃く、太腿もムッチリと張りがあり、うっすらと透ける細かな血管も実に色っぽかった。

「昨日は、どのように……」

篠が訊いてきた。次の間には居たが、一部始終を覗《のぞ》いていたわけではないのだ。

「まずはこのように」

正助は、充分に篠の肢体《したい》を見下ろしてから答え、添い寝して乳首に吸い付いていった。柔らかな膨らみに顔を押しつけ、感触を味わいながら乳首を舌で転がすと、生ぬるく甘ったるい匂いが、胸元や腋から漂った。

おそらく昨夜、雪が入浴するときに付き添い、軽く湯浴みした程度だろう。

「う……」

舐め回し、もう片方の乳首にも指を這わせると、篠がビクリと肌を震わせ、小さく息を詰めた。

「雪には、こんなに強くは吸わず、もっと優しくした」

「左様でございますか……」

言うと、篠は喘ぎ声を抑《おさ》えるように力を入れて答えた。

そして彼はもう片方の乳首も含んで舌を這わせ、小刻《こきざ》みに吸い上げた。

篠も懸命に声を出すことを堪えていたが、否応《いやおう》なくクネクネと肉体が反応しはじめた。

「そしてこのように」

正助は言い、左右の乳首を味わってから、彼女の腋の下にも顔を埋め込み、汗に湿った腋毛に鼻を擦りつけて嗅いだ。そこは生ぬるく、濃厚に甘ったるい体臭が馥郁《ふくいく》と籠もっていた。

「あう……、くすぐったがっていませんでしたか……」

「ずいぶん肌を震わせていたが、これほど濃い匂いはせず物足りなかった」

「そ、それは、私が念入りに洗い清めましたので……」

篠は羞恥《しゅうち》と刺激に身をくねらせ、熱く息を弾ませはじめた。

そして正助は首筋を舐め上げ、喘ぐ口に迫った。

ヌラリと光沢のある歯並びの間から、熱く湿り気ある息が洩れ、鼻を押しつけて嗅ぐと、千賀に似た花粉のように甘い刺激があった。

正助は充分に美女の息を嗅ぎ、唇を重ねて舌を挿し入れていった。そして指では、唾液に濡れた乳首を弄《もてあそ》ぶと、

「ンンッ……」

篠は反射的にチュッと彼の舌に吸い付き、熱く鼻を鳴らした。

正助は執拗《しつよう》に舌をからめ、生温かくトロリとした唾液を味わい、甘い吐息で鼻腔を満たして酔いしれた。

充分に唇を味わうと、彼は再び乳首に戻り、雪にしたように篠の手を一物に導きながら、陰戸に指を這わせていったのだった。

四

「く……、姫様にも、このようなことを……？」

篠が、必死に喘ぎ声を抑えながら言い、内腿でキュッと彼の手を挟《はさ》み付けた。

「ああ、心地よく揉《も》んでくれた。そしていじるうち、たちまち濡れてきたのは、篠の教えの賜《たまもの》だろうな」

正助は囁きながら、篠の割れ目をいじり、指の腹でオサネを探った。

そこは、すでに蜜汁が大洪水になって指の動きを滑らかにさせ、動かすたびクチュクチュと湿った音がした。

「そして、いじり合ってのち交接したのだ」

「左様でございますか。初回にしては、上出来すぎるほどにございます……」

篠は言い、訴えかけるように熱っぽい眼差《まなざ》しで正助を見た。

「では、姫様にしたように、どうか私にもお情けを……」

彼女が言い、正助も挿入したい衝動に駆《か》られたが、まだ抑えた。

「雪に出来ぬことを、篠にしてみたいがどうか」

「そ、それは、どのような……」

囁くと、篠が息を弾ませて聞き返してきた。

「臍より下を舐めてみたい」

「そのようなこと……、許されません……」

「死んだ連れ合いにされたことはあるか。武士でも、舐めたいときはあろう」

「ご、ございます……」

「ならば、人ならみな同じだ。無理に慎《つつし》むことはないし、ここへは誰も来ぬ」

正助は言い、彼女の下半身の方へと顔を移動させてしまった。

そして屈み込んで臍を舐め回し、張りのある下腹から、量感ある太腿を舐め下りていった。

「あッ……、い、いけません……」

足首を摑《つか》んで浮かせ、足裏に顔を押し当てると篠が声を震わせて言った。

しかし正助は構わず足裏を舐め、縮《ちぢ》こまった指の股に鼻を押しつけ、蒸《む》れた匂いを貪ってしまった。

そこは汗と脂《あぶら》にジットリ湿り、爪先《つまさき》にしゃぶり付いて順々に指の間に舌を割り込ませていくと、

「あう……、お、おやめ下さいませ。汚《きたの》うございます……」

さすがに武家の中では快楽を知ってきた篠でも、藩主に足を舐められたら普通ではいられないようだった。

激しく身悶え、それでも大きな声だけは出さぬよう自戒《じかい》していた。

正助は桜色の爪を嚙み、全ての指の股を味わってから、もう片方も同じようにし、悩ましい味と匂いが薄れるまで貪ってしまった。

そして大股開きにさせ、間に腹這いながら脚の内側を舐め上げていった。

「アア……」

篠が声を洩らし、困ったように腰をくねらせた。

懸命に閉じようとしても、もう正助は両膝の間に顔を割り込ませ、ムッチリとした白い内腿を舐め、股間に迫っていた。

見ると、割れ目からはみ出す陰唇は興奮に濃く色づいていた。指で広げると、膣口に入り組む襞には白っぽく濁《にご》った粘液がまつわりつき、内腿に挟まれた股間全体には、熱気と湿り気が渦巻《うずま》くように籠もっていた。光沢あるオサネは大豆《だいず》ほどに大きく、亀頭の形をして包皮を押し上げるようにツンと突き立っていた。

もう我慢できず、正助は篠の股間に顔を埋め込んでしまった。柔らかな茂みに鼻を擦りつけると、濃厚に甘ったるい汗の匂いが悩ましく籠もり、ゆばりの匂いも入り交じって鼻腔を刺激してきた。

正助は何度も吸い込んで胸を満たし、舌を這わせていった。挿し入れて膣口を掻《か》き回し、柔肉をたどってオサネまで舐め上げていくと、

「く……！」

篠が呻き、内腿でキュッときつく彼の両頬を挟み付けてきた。チロチロと舌で弾くように舐め、完全に露出したオサネにチュッと吸い付くと、

「あうう……、ど、どうか……」

篠が呻き、降参するように嫌々をした。

正助はもがく腰を抱え込んでオサネを責《せ》めては、トロトロと溢れてくる淡い酸味の

淫水をすすった。

さらに彼女の脚を浮かせ、白く豊満な尻の谷間にも顔を押しつけ、ひんやりした双丘に密着しながら、可憐《かれん》な薄桃色の蕾に籠もる微香を嗅いだ。

舌先でくすぐるように蕾を舐めると、細かな襞が磯巾着《いそぎんちゃく》のように収縮した。充分に濡らしてから潜り込ませ、ヌルッとした粘膜を味わうと、

「ヒッ……、い、いけません……」

篠は驚いたように息を呑み、キュッと肛門で彼の舌を締め付けてきた。

正助は充分に舌を動かしてから脚を下ろし、舌を抜いて再び陰戸に戻っていった。

そして左手の人差し指を、唾液に濡れた肛門に浅く潜り込ませ、右手の二本の指を膣内に押し込んだ。

さらにオサネを舐め回すと、

「い、いきそう……、どうか、もうご勘弁を……」

篠が哀願するように言って腰をよじり、それぞれの指をきつく締め付けてきた。

正助も、適当なところで彼女の前後の穴からヌルッと指を引き抜いた。二本の指の間は膜《まく》が張るように大量の粘液にまみれ、肛門に入っていた指は汚れの付着はないが微香が感じられた。

ようやく正助は、息も絶え絶えになっている篠に添い寝していった。

「今度は、篠がして」

言って仰向けになると、篠がノロノロと身を起こし、屹立した一物に顔を寄せてきた。そして熱い息をかけ、細い指でそっと幹を撫で回し、粘《ねば》つくような視線を注《そそ》いできた。

「これが、姫様の初物を散らしたのですね……」

篠は言い、舌を伸ばして先端を舐め、鈴口から滲む粘液をすすってから、スッポリと根元まで呑み込んでいった。

「ああ……」

正助は喘ぎ、美女の口の中で唾液にまみれた一物をヒクヒク震わせた。

篠も熱い息を恥毛に籠もらせ、夢中になって吸い付き、クチュクチュと舌をからみつかせてきた。

吸い付きながらスポンと引き抜くと、ふぐりにも舌を這わせ、二つの睾丸を転がし充分に袋を濡らすと、再び肉棒を含んできた。

「あう……、いきそう、篠、入れたい……」

充分に高まって言うと、篠も口を引き離し、仰向けになろうとした。

正助はそれを押しとどめ、手を引いて一物に跨《また》がらせようとした。

「わ、私が上なのですか。そのようなこと、したことが……」

「構わぬ。跨いでくれ」

正助は言い、強引に跨がらせてしまった。亡夫は多情でも、茶臼《ちゃうす》(女上位)はしなかったようだ。

「アア……、よろしいのでしょうか、殿を跨ぐなど……」

篠が声を震わせて言ったが、正助が下から先端を突き出すと彼女も幹に指を添え、先端を濡れた膣口に誘導していった。位置を定めると、息を詰めてゆっくり腰を沈み込ませてきた。

張りつめた亀頭が呑み込まれると、あとはヌルヌルッと一気に座り込み、互いの股間が密着した。

「く……!」

久々に男を受け入れた篠は呻き、すぐにも身を重ねて、早々と果てないよう懸命に絶頂を堪えた。彼も肉襞の摩擦と温もりに包まれ、両手を回して美女を抱き留めた。

「ああ、何と心地よい」

「私もです。でも驚きました。いかにうちの旦那《だんな》様があれこれしても、足やお尻までは舐めませんでした……」

正助が喘ぐと、篠もキュッキュッと若い肉棒を味わうように締め付けながら、詰《なじ》るように囁いた。

「唾が飲みたい」

正助が、ズンズンと股間を突き上げはじめながら言うと、

「あう……、口が渇いて、出ません……」

篠がウッと呻きながら答えた。そして突き上げに合わせ、緩《ゆる》やかに腰を遣《つか》いはじめてくれた。

「ならば舐めて」

言いながら、かぐわしい口に鼻を押しつけると、篠もヌラヌラと舌を這わせ、彼の鼻の穴や鼻筋を舐め回してくれた。

「ああ、口が良い匂い……」

「本当でしょうか……」

思わず言って胸いっぱいに美女の息を嗅ぐと、篠が羞じらうようにか細く言った。

正助は、篠の乾《かわ》いた唾液と息の匂いに酔いしれ、甘い花粉臭で胸を満たしながら高まっていった。

篠も蜜汁を大洪水にさせ、彼より先に気を遣《や》ってしまった。

「あ……、御無礼を……」

口走るなり股間を擦りつけるように動かし、そのままガクンガクンと狂《くる》おしい痙攣《けいれん》を開始した。

正助も、膣内の収縮の渦に巻き込まれ、続いて絶頂に達し、大きな快感とともに熱い精汁を勢いよく内部に放った。

「く……、熱い……」

噴出を感じ、篠は駄目押しの快感を得ながら呻き、飲み込むように膣内を締め付けてきた。

正助は心置きなく快感を貪り、最後の一滴まで出し尽くすと、すっかり満足しながら突き上げを弱めていった。篠も徐々に強ばりを解き、彼にのしかかりながらいつまでも陰戸を収縮させていた。

「ああ……、こんなに良かったの、生まれて初めてです……。でもどうか、姫様にはまだこのような……」

篠が息を弾ませながら言う。

「いずれ時が経てば、しても構わぬか」

「はい、気を遣るようになれば、誰にも内緒でして構わないと思います……」

篠が、女としての快楽を十二分に味わいながら答えた。

正助は甘い息に包まれてうっとりと快感の余韻を味わい、刺激されてヒクヒクと内部で幹を跳《は》ね上げ続けるのだった。

五

「ご正室様のお輿入れ、おめでとう存じます」

桃が、正助の寝所に来て言った。

内心には嫉妬《しっと》もあるし、自分は春日屋の頃から情交しているのだから、雪より先に孕みたいという焦《あせ》りもあるようだが、懐妊は人が決めることではない。正助は、とにかく目の前に来た女を心から愛《め》でるだけだった。

雪の方は必ず夜にするので、昼間のうちに桃を呼んだ。

「ああ、それより脱ごう」

「お疲れではないですか」

「いくらでも大丈夫だ」

正助は元気に答え、自分も脱いでいった。

桃も帯を解き、優雅な仕草で着物を脱ぎはじめた。僅かの間だが、千賀の教育の賜か、大店《おおだな》のわがまま娘という様子が消え失せ、すっかり大名の側室という風情《ふぜい》になりつつあった。

しかし正助が桃に求めるのは、わがまま娘の方である。雪をはじめ、他の女にそれは求められないのだ。

先に全裸になった正助は、布団に仰向けになって屹立した肉棒を震わせた。

たちまち桃も一糸まとわぬ姿になり、胸を隠して向き直った。何度情交しても、明るいうちは恥ずかしいのだろう。

「じゃ、ここへ来て足を余の顔に」

正助は興奮に胸を高鳴らせて言った。

「そ、それは、どうかご勘弁を……」

「他に頼めるものがいない。余の望みを叶《かな》えられるのは桃だけだ。さあ」

正助は桃の手を引き、文字通り尻込みしている彼女を顔の方に引き寄せた。

そして顔の横に立たせ、足首を摑んで顔に乗せさせた。

「あ……」

桃は声を洩らし、思わずよろけそうになって壁に手を突いた。

ひんやりした足裏を顔中に受け、彼は舌を這わせながら指の股に鼻を割り込ませ、汗と脂に湿って蒸れた匂いを貪った。そして爪先にしゃぶり付き、指の股を順々に舐めた。

「アア……」

桃は畏《おそ》れ多さに喘ぎ、彼の口の中で唾液に濡れた指先を縮めた。

正助は足を交代させ、そちらも新鮮な味と匂いを堪能し、やがて顔に跨がらせた。手を引いてしゃがみ込ませると、桃は膝を震わせながらも厠《かわや》のように腰を落とし、ムッチリと内腿を張り詰めさせた。

すでに、手打ちになるようなことを何度してきただろう。

正助の鼻先に、ぷっくりした陰戸が迫り、生ぬるい湿り気が顔を撫でた。はみ出した陰唇は、徐々に潤いはじめ、指で開くと膣口がキュッと収縮し、オサネが羞じらうように突き立っていた。

「正助、オマ××お舐めと言って」

「ああ……、どうかご勘弁を……」

「余の淫気を高めるためだ。さあ昔のように」

「と、殿も私も、もう昔とは違います……」

桃は声を震わせて言ったが、結局は再三促《うなが》され、彼女も言いなりにならざるを得なかった。

「しょ、正助……、オマ××をお舐め……、アアッ！」

桃は消え入りそうな声で言い、自分の言葉に激しく喘いだ。同時に陰戸内の潤いが格段に増し、悩ましい匂いも濃くなった。

正助は腰を抱き寄せ、柔らかな若草に鼻を埋め込み、甘ったるい汗と刺激的なゆばりの匂いを貪った。

「ああ、いい匂い……」

正助は言い、美少女の体臭で鼻腔を満たしながら舌を這わせていった。

柔肉を舐めると淡い酸味の蜜汁が舌を滑らかにさせ、彼は息づく膣口を掻き回し、オサネまで舐め上げていった。

「く……！」

桃は息を詰めて呻き、さらに新たな淫水を漏らしてきた。

正助は尻の真下にも潜り込み、顔中に双丘を受け止めながら谷間の蕾に鼻を押しつけた。

今日も秘《ひ》めやかな微香が悩ましく籠もり、彼は貪るように嗅いでから舐め回した。

舌先で震える襞をくすぐり、中にもヌルッと潜り込ませて粘膜を味わい、出し入れさせるように動かすと、

「あうう……、も、もう堪忍《かんにん》……」

桃が、肛門でキュッと彼の舌先を締め付けながら呻いた。

正助も充分に味わってから舌を引き離し、再び陰戸に戻ってヌメリを舐め取り、オサネに吸い付いた。

「アア……、い、いきそう……」

桃が喘ぎ、しゃがみ込んでいられず両膝を突いた。

「じゃ、今度は桃がして……」

正助も、美少女の味と匂いを充分に堪能してからようやく舌を引っ込め、桃の身体を下方へと押しやった。

彼女もほっとしたように移動し、屹立した一物に屈み込んできた。

熱い息で恥毛をそよがせながら舌を出し、鈴口から滲む粘液を舐め取り、スッポリと喉の奥まで呑み込んでいった。

「ああ……、いい……」

温かく濡れた口に根元まで含まれ、正助はうっとりと喘いだ。

桃は深々と頰張り、頰をすぼめて吸い、クチュクチュと舌をからめてきた。

生温かな唾液にまみれた肉棒も、美少女の舌に翻弄《ほんろう》されて最大限に膨張《ぼうちょう》し、やがて充分に高まると正助は口を離させた。

「じゃ、上から入れて」

「どうしても、私が上なのですか……」

言うと、桃はためらいがちに言いながらも身を起こし、彼に引っ張られて一物に跨がってきた。

やはり雪に対しては本手《ほんて》（正常位）のみだから、他の女たちにはなるべく茶臼（女上位）をしてもらいたいのである。

唾液に濡れた先端を膣口に押し当て、桃は息を詰めてゆっくりと腰を沈み込ませてきた。張りつめた亀頭が潜り込むと、あとは滑らかにヌルヌルッと根元まで呑み込まれていった。

「あう……」

桃が顔を仰《の》け反《ぞ》らせて喘ぎ、ピッタリと股間を密着させて締め付けた。

正助も温もりと摩擦快感を味わいながら内部で幹を震わせ、両手を伸ばして桃を抱き寄せた。

そして顔を上げ、左右の乳首を含んで舐め回し、顔中に柔らかな膨らみを受け止めた。ほんのり汗ばんだ胸元や腋から、甘ったるい体臭が漂い、その刺激が一物に伝わってきた。

両の乳首を味わってから、彼は桃の腋の下にも鼻を押しつけ、和毛に籠もった濃厚な汗の匂いを嗅ぎ、ズンズンと股間を突き上げはじめた。

「アア……」

桃が熱く喘ぎ、合わせて腰を遣った。溢れる蜜汁がクチュクチュと音を立て、何とも心地よい摩擦と温もりが彼自身を包み込んだ。

正助は律動しながら桃の首筋を舐め上げ、下から唇を重ねていった。

「ンン……」

桃も呻き、挿し入れた舌にチュッと吸い付いてきた。

正助は美少女の甘酸っぱい息の匂いに酔いしれ、生温かく清らかな唾液を味わいながら執拗に舌をからめて高まった。

そして喘ぎながら鼻を桃の口に押しつけ、湿り気ある果実臭と唾液の匂いを胸いっぱいに嗅ぎながら、とうとう昇り詰めてしまった。

「く……！　いく……」

突き上がる絶頂の快感に呻き、熱い大量の精汁をドクンドクンと勢いよく内部にほとばしらせると、

「あぁッ……！」

桃も熱く喘ぎ、ヒクヒクと痙攣を起こして膣内を収縮させた。どうやら気を遣ったようで、正助は自分の手で女にした桃の内部に、心置きなく最後の一滴まで出し尽くしたのだった……。

第五章　二人の後家に挟《はさ》まれて

一

「すごいな。二人とも……」

正助は縁から庭を見て、感嘆《かんたん》しながら呟《つぶや》いた。

庭では、鉢巻《はちま》きに襷《たすき》をした千賀と篠が、薙刀《なぎなた》の勝負をしているのだ。

むろん薙刀はササラになった竹を包んだ稽古《けいこ》用のもので、叩《たた》かれても骨が折れるようなことはないが、それでもかなりの打撃となるだろう。

若殿と姫君の、それぞれの側近が薙刀自慢というので、対抗意識を燃やしながら勝負となったのである。

もちろん正助は、こうした武術の稽古を見るのも初めてだった。

二十三歳の篠の方が動きは速いが、二十八歳の千賀も熟練の妙《みよう》があった。どちらも後家というばかりでなく、何となく似た二人である。

そういえば、二人の匂《にお》いも似通っていたことを正助は思い出していた。

最初のうちは、双方闘志《とうし》を燃やし、しゃかりきに勝とうと勢い込んでいた。

あるいは互いに似ているだけに、初対面の折から虫が好かないのかも知れないと思った。

それほど激しく打ち合っていたが、技量はほぼ互角、互いの技が決まることもなく双方息を切らして汗を光らせていた。

と、お互い一息ついた瞬間、隙《すき》と見るや二人が同時に攻撃を仕掛けた。

千賀は、篠の面を外して肩に受け、同時に相手の脛《すね》を打ち据《す》えていた。

二カ所でピシリと激しい音がし、

「く……！」

互いに痛みに顔をしかめて呻《うめ》き、一緒に切っ先を下ろした。

「私の脛が先でしたね」

「いえ、面を外しても実戦なら袈裟《けさ》に斬《き》った私の勝ちです」

千賀が言うと、篠も負けじと眦《まなじり》を決して言い返した。二人とも、凜然《りんぜん》として何とも美しかった。

すると互いに肩で息をし、睨《にら》み合っていたが同時にクスッと笑《え》みを洩《も》らした。

「もう止《よ》しましょう」

「はい、参りました」

双方とも爽《さわ》やかな笑みを交わし、得物を納めて礼をした。

「いや、実に凄《すさ》まじい。良いものを見せてもらった」

正助が言うと、二人は彼の方にも頭を下げた。

雪は、今日も部屋に籠《こ》もって藩の勉強に余念がないようだ。

「二人とも来てくれ。武芸の話など聞きたい」

正助が言って部屋に戻ると、千賀と篠は鉢巻きと襷を外し、井戸端《いどばた》で手だけ洗ってすぐに入ってきた。

「まあ、寝所の方ですか」

着流しで布団《ふとん》に腰を下ろしている正助を見て、千賀が言い、篠と一緒に布団の横に座った。

「ああ、打ち解けたところで、忌憚《きたん》のない話をしたくてな」

「雪様のことでしょうか」

「うん、することが限られ、淫気《いんき》が溜《た》まる一方だ」

正助が言うと、思わず千賀はハッと篠の方を見た。

余人に正助の性癖《せいへき》を知られるのはどうかと思ったようだが、すでに篠も当藩の人間である。

それに千賀は、正助が篠と関係したことを知らないのだ。

「二人とも、若殿や姫君の最も近くに居た女たちだ。情交に関し、知るかぎりのことを教えて欲しい」

言いながら正助は、二人の発する甘い汗の匂いにムクムクと勃起してきた。それに微《かす》かに、まだ二人とも息を弾《はず》ませているのだ。

「知るかぎりと仰《おつしや》られても、私は真っ当な交接しか存じません。亡き夫は、何しろ四角四面の堅物《かたぶつ》でしたので」

千賀が言い、篠も口を開いた。

「私の夫は淫気が強く、それなりにあらゆる行ないをしてきましたが、殿にお教えできるようなことは少のうございます」

「ならば良い。雪に出来ぬことが多いなら、その分を二人にしてみたい。三人だけの秘密にするなら良かろう。まずは淫気を鎮《しず》めてもらいたい」

正助は言い、帯を解《ほど》いて着物を脱ぎ去り、下帯も外し全裸になり仰向《あおむ》けになってしまった。

もちろん若々しい肉棒は天を衝《つ》くように、ピンピンに硬く屹立《きつりつ》していた。

千賀と篠は思わず顔を見合わせながらも、恐る恐る彼の股間の方に左右からにじり寄ってきた。

「申し訳ありません、篠様。驚かれたでしょう。殿はことのほか淫気が強く、雪様相手にお行儀良くしているのがお辛《つら》いようなのです」

「いいえ、夫も駄々《だだ》っ子のように、あれこれ私に求めてきましたので」

二人が話し、正助が促《うなが》すように幹をヒクヒクさせると、先に篠が彼の股間に顔を寄せてきた。

「千賀様は、旦那《だんな》様にお口でしたことは?」

「いいえ……、求められもしませんでしたが、篠様は?」

「私は、ございます。まずはここから」

篠は言い、大股《また》開きになった正助の股間に顔を寄せ、最初はふぐりから舌を這《は》わせてきた。

「まあ……」

千賀は驚いたものの、また対抗意識がふつふつと湧《わ》いてきたか、一緒になって腹這い、女同士で頬《ほお》を寄せ、二人して舐《な》めてくれたのだった。

「ああ……、気持ちいい……」

正助は、二人の混じり合った熱い息を股間に籠もらせ、それぞれの舌で睾丸を転がされて妖《あや》しい快感に喘《あえ》いだ。そして二人を同時に呼んだことが、大正解だったと思ったのだった。

いったん舐めはじめると、二人も度胸をつけて舌を這わせ、女同士の唇や舌が触れ合うことも厭《いと》わず、ひたすら正助を喜ばせるという忠義に徹《てっ》してくれた。

たちまち袋全体は、美女たちの混じり合った唾液に生温かくまみれた。

「ここも頼む」

正助は言い、自ら両脚を浮かせて抱《かか》え、二人の顔の前に尻を突き出した。

さっき身体《からだ》を洗い流したので、二人よりずっと綺麗《きれい》にしてあった。

すると、先に篠が口を付け、チロチロと彼の肛門を舐め回してくれた。

「く……」

正助は、ゾクゾクと震《ふる》えが走るような快感に呻き、二人の美女の前に股間を晒《さら》しているという羞恥《しゅうち》にも胸を高鳴らせた。

篠は念入りに舐めて濡《ぬ》らし、ヌルッと舌先を潜《もぐ》り込ませてきた。

「あう……、いい……」

正助は、モグモグと味わうように篠の舌先を肛門で締め付けて喘いだ。

「わ、私も……」

またもや先を越された千賀が言い、篠に顔を離させ、自分も舐め回してくれた。

「千賀、中も……」

言うと、千賀は熱い息を弾ませながら、同じようにヌルッと舌先を潜り込ませてきた。同じようでいて、やはり微妙に温《ぬく》もりや感触が違い、正助は締め付けながら快感を嚙《か》み締めた。

一物も、内部から刺激されるようにヒクヒクと幹を上下に震わせ、やがて彼は充分に舐めてもらうと脚を下ろした。

すると二人は、今度は同時に一物の付け根に舌を這わせ、裏側と側面を一緒に舐め上げてきたのだ。先端に達すると、交互に舌先でチロチロと鈴口を舐めてくれ、滲《にじ》む粘液がすすられた。

「アア……」

正助は夢のように贅沢《ぜいたく》な快感に喘ぎ、急激に絶頂を迫《せま》らせていった。

二人は熱い息を混じらせ、張《は》りつめた亀頭にしゃぶり付き、交互にスポスポと含んで吸い付いた。

たちまち肉棒全体は、二人分の生温かな唾液にどっぷり浸《つ》かって快感に震えた。

まるで美しい姉妹が、同時に千歳飴《ちとせあめ》でも舐めているようだ。

「い、いく……、アアッ……!」

正助が喘いで、大きな快感に突き上げられると、篠がパクッと亀頭を含んで第一撃を受け止めてくれた。すると、すかさず千賀も割り込み、ドクドクと脈打つようにほとばしる余りを吸い出した。

「く……」

何という快感だろう。正助は腰をくねらせて呻き、最後の一滴まで心置きなく出し尽くしてしまった。

二人とも、ためらいなく口に飛び込んだ分は飲み込み、なおも舌を這わせ、白濁《はくだく》の雫《しずく》の滲む鈴口を念入りに舐め回してくれた。

「も、もういい……」

正助は、射精直後の亀頭を過敏《かびん》に震わせ、降参するように身をよじって言った。

二人が、ようやくすすり終えて口を離すと、正助もグッタリと力を抜いて身を投げ出し、荒い呼吸を繰り返した。

あまりの快感に動悸《どうき》が治まらず、一物は萎《な》えることも忘れて震えていた。

半分ずつ飲み込んだ二人も、頬を上気させ、淫《みだ》らに舌なめずりをした。

そんな様子を見上げているだけで、正助はまたすぐにも二人相手に戯《たわむ》れたくなってしまったのだった。

二

「二人とも脱いでくれ……」

身を投げ出し、息を弾ませて余韻《よいん》を味わいながら正助が言うと、二人もすっかり興奮を高めたか、すぐにも立ち上がって帯を解きはじめてくれた。

しばし衣擦《きぬず》れの音を聞きながら正助が見上げていると、みるみる二人も着物を脱ぎ去り、白く滑《なめ》らかな肌が露《あら》わになっていった。

二人いるのでためらいがなく、むしろ競い合うように手早く足袋《たび》から腰巻まで脱ぎ去り、たちまち一糸まとわぬ姿になってしまった。今まで着物の内に籠もっていた匂いも解放され、室内に甘ったるく籠もった。

「ここに寝てくれ」

正助が身を起こして言うと、二人は並んで布団に仰向けになった。

見れば、どちらも乳房が形良く息づき、薙刀の対戦の名残《なごり》に胸元がジットリと汗ばんでいた。

正助は、先に千賀の足首を摑《つか》んで浮かせ、足裏に顔を押しつけてしまった。

「あう……、な、なりません……」

「雪に出来ぬことだ。辛抱《しんぼう》してじっとしておれ」

千賀が呻いて身じろぐと、かつてなら考えられない言葉で武家女に命じ、正助は舌を這わせはじめた。

踵《きびす》から土踏まずを舐め上げ、指の股に鼻を押しつけると、そこはさすがに汗と脂《あぶら》にジットリ湿《しめ》り、生ぬるくムレムレの匂いが濃く籠もっていた。

正助は美女の足の匂いを貪《むさぼ》り、爪先《つまさき》をしゃぶり、順々に指の股を味わった。

「アア……」

千賀が喘ぎ、正助は舐め尽くすともう片方の足も貪り、さらに篠の足裏や爪先にも同じようにした。篠も千賀と同じぐらい蒸《む》れた濃い匂いを籠もらせ、充分な湿り気を宿していた。

「ああ……、と、殿……」

篠も喘ぎ、彼の口の中で指を震わせて悶《もだ》えた。

そして正助は、そのまま篠の脚の内側を舐め上げ、今度は篠の股間から先に迫っていった。

白くムッチリとした内腿《うちもも》を舐め、ときに軽く歯を立てて弾力を味わい、熱気と湿り気の籠もった陰戸《ほと》に鼻先を寄せた。

割れ目からはみ出した陰唇は興奮に濃く色づき、間からはヌラヌラと熱い蜜汁が溢《あふ》れはじめていた。指で広げると膣口が襞《ひだ》を震わせて息づき、光沢あるオサネもツンと突き立っていた。

正助は堪《たま》らずに顔を埋《うず》め込み、柔《やわ》らかな茂《しげ》みに鼻を擦《す》りつけ、隅々に濃厚に籠もった汗とゆばりの匂いを嗅《か》ぎ、舌を這わせた。淡《あわ》い酸味のヌメリをすすり、膣口からオサネまで舐め上げていくと、

「ああッ……！」

篠が身を弓なりに反《そ》らせて喘ぎ、ヒクヒクと下腹を波打たせた。

さらに彼女の脚を浮かせ、白く形良い尻の谷間にも鼻を埋め込み、汗に混じった微香を嗅ぎ、蕾《つぼみ》に舌を這わせた。

「く……」

篠が呻き、ヌルッと潜り込ませた舌先をキュッと肛門で締め付けてきた。

正助は粘膜を味わい、舌を蠢《うごめ》かせてから引き抜き、隣の千賀の股間に顔を潜り込ませていった。

千賀も、正助が篠の股間を舐めている間、もうたしなめるようなことは言わず、ただ息を弾ませて待っていてくれた。そして待つ間にも期待が高まったか、千賀の陰戸は篠以上に熱い淫水にまみれていた。

柔らかな恥毛に鼻を埋め込むと、やはり汗とゆばりの匂いが悩ましく入り交じり、心地よい刺激が鼻腔《びこう》を掻《か》き回してきた。

舌を這わせると淡い酸味のヌメリが溢れ、正助は膣口からオサネを舐め上げた。

「あう……！」

千賀がビクッと顔を仰《の》け反らせ、内腿でキュッと彼の両頬を締め付けて呻いた。

正助は美女の体臭を貪り、蜜汁をすすってから篠にしたように脚を浮かせ、尻の谷間に鼻を押しつけていった。

やはり似た微香が籠もっていたが、それでも味わわずにはいられなかった。

執拗《しつよう》に嗅いでから舌先で蕾をくすぐり、肛門に潜り込ませてヌルッとした粘膜を味わった。

「く……、ど、どうか、もう……」

前も後ろも舐められ、千賀が朦朧《もうろう》として呻いた。

それでも、隣に篠がいるから理性も残り、堪える分ヌメリが増えていった。

やがて二人の股間を味わい尽くすと、正助は千賀の熟《う》れ肌を舐め上げ、乳房に迫っていった。

もちろん舐めているうち、すっかり一物は元の硬さと大きさを取り戻していた。

滑らかな肌は汗の味がし、色づいた乳首に吸い付き膨《ふく》らみに顔を埋め込むと、

「アア……」

とうとう千賀は喘ぎながら、両手でギュッと彼の顔を胸に抱きすくめてきた。

これも、篠がいるための対抗意識かも知れず、正助は心地よい窒息《ちっそく》感に噎《む》せ返りながら乳首を舌で転がした。

そして左右の乳首を交互に吸い、さらに腋《わき》の下にも顔を埋め、生ぬるく湿った腋毛に籠もった汗の匂いを嗅ぎ、胸の奥まで甘ったるい体臭に満たされた。

充分に味わってから、篠の胸に移動し、両の乳首を順々に舌で転がした。

「ああ……、殿……」

篠も喘ぎ、真似《まね》をして彼の顔を抱き締めてきた。

正助は乳首を舐め回し、腋の下にも顔を埋め、濃厚な汗の匂いを味わった。

やがて正助は、二人の間に身を置いて仰向けになった。

「茶臼《ちゃうす》で交接したい」

言いながら、せがむように幹をヒクヒクさせると、篠が身を起こした。

「私は、すぐ果てそうですので、お先に……」

千賀に断わりを入れてから、篠は恐る恐る一物に跨《また》がり、先端を濡れた陰戸に受け入れていった。

「ああッ……、お、奥まで響きます……」

ヌルヌルッと一気に腰を沈め、篠が股間を密着させながら喘いだ。

正助も、根元まで熱く濡れた肉壺《つぼ》に収まって締め付けられ、温もりと快感に幹を震わせた。

篠は彼の胸に両手を突いて上体を反らせ、すぐにも腰を動かしてきた。

最初は股間をグリグリと擦りつけ、次第に上下運動に切り替え、クチュクチュと摩《ま》擦《さつ》音を立てながら動きを速めていった。

雁首《かりくび》が内部の天井《てんじょう》を擦ると、篠は何度も仰け反りながらキュッと締め付け、たちまち気を遣《や》ってしまった。

「い、いく……!」

口走り、さすがに大きな喘ぎ声は洩らさなかったが、ガクンガクンと狂《くる》おしい痙攣《けいれん》を開始した。

膣内の収縮も高まったが、正助は二人の口に出したばかりなので、辛《かろ》うじて果てることは免《まぬか》れた。何しろ次が控《ひか》えているのだ。

「アア……」

篠は充分に快感を嚙み締めて喘ぐと、グッタリと身を重ねてきた。

そして彼の耳元で荒い呼吸を繰り返し、名残惜《お》しげにキュッキュッと膣内を締め付けた。

それでも余韻を味わう間もなく、千賀に気遣い、そろそろと股間を引き離してごろりと横になっていった。

千賀もすぐ身を起こし、ためらいなく跨がり、篠の蜜汁にまみれて湯気さえ立てている肉棒を、ヌルヌルッと滑らかに陰戸に受け入れて座り込んできた。

「あう……！」

千賀も根元まで納め、完全に股間を密着して呻いた。

正助は、微妙に温もりや感触、締め付けの異なる陰戸に包まれて高まった。

続けて挿入するなど、将軍でさえしていないのではないかと思える贅沢だった。

千賀は上体を起こしていられず、すぐにも身を重ねてきた。

正助も両手を回して抱き留《と》め、ズンズンと股間を突き上げはじめた。

そして添《そ》い寝している篠の顔も抱き寄せ、千賀の唇を求めたのである。

すると篠も心得、割り込むように唇を密着させ、正助は美女二人の口を同時に味わうことが出来た。

二人の柔らかな唇が重なり、混じり合った甘い花粉臭の息が鼻腔を悩ましく刺激してきた。

舌を挿《さ》し入れ、それぞれの舌を舐めると、どちらも生温かな唾液にまみれて滑らかな感触だった。

「もっと唾《つば》を……」

言いながら股間を突き上げ続けると、二人も息を籠もらせて夢中になり、懸命に唾液を分泌させては彼の口に吐《は》き出してくれた。

正助は、二人分の生温かな唾液を味わい、芳香を含んで弾《はじ》ける小泡のヌメリでうっとりと喉《のど》を潤《うるお》した。

そして混じり合った息の匂いで胸を満たすと、もう我慢できず、大きな快感に貫《つらぬ》かれ昇り詰《つ》めてしまった。

「い、いく……！」

正助が呻きながら、ありったけの精汁を勢いよく内部に放つと、

「あう……、あ、熱い……！」

噴出を受けた千賀も口走り、そのままガクガクと狂おしい痙攣を開始して気を遣った。正助は、二人の口に鼻を擦りつけ、顔中美女たちの唾液にまみれ、息の匂いに包まれながら、心置きなく快感を貪ったのだった……。

三

「二人、ここに立って。このように……」

湯殿で、正助は身体を流し合ったあと、簀《す》の子《こ》に座って千賀と篠を左右に立たせて言った。二人も、恐る恐る言われるまま彼の肩に跨がり、顔に向けて股間を突き出してくれた。

「では、ゆばりを放ってくれ」

「え……」

言うと篠は驚いたが、千賀は予想していたように小さく嘆息《たんそく》した。

「どうか、そのようなことは……」

「夜、雪への淫気を高めるためだ」

千賀がたしなめるように言ったが、正助が答えると観念して下腹に力を入れはじめてくれた。

「ほ、本当にするのですか……」

「殿の仰《おお》せです。さあ、篠様も早く」

戸惑《とまど》う篠に言い、千賀はいくらも待たぬうち、割れ目内部の柔肉を蠢かせ、チョロチョロと放尿しはじめた。

「ああ……」

正助は温かな流れを頬に受け、うっとりと喘ぎながら口を寄せた。淡い味わいと匂いを堪能し、胸から腹に伝い流れるゆばりに陶然《とうぜん》となった。

「そ、そんな……」

篠が声を震わせながらも、ためらうほど長引くと思ったか、懸命に尿意を高めた。

そろそろと思い、篠の割れ目に顔を向け、口を付けて舌で探ると柔肉が迫《せ》り出すように盛り上がり、温もりと味わいが変わった。

「あう……、出ます……」

篠がか細く言うなり、緩《ゆる》やかな流れがほとばしってきた。

やはり味も匂いも控えめで上品だが、千賀より勢いがあった。正助は喉に流し込み、二人分を味わって酔いしれた。

千賀の流れが弱まったので再び顔を向けると、治まってポタポタと雫が滴《したた》るだけとなった。それを舐め取り、柔肉を探ると、すぐにも新たな蜜汁が湧《わ》き出し、淡い酸味で舌の動きを滑らかにさせた。

また篠の陰戸に戻ると、こちらも流れが治まり、正助は残り香《が》を味わいながら余りの雫をすすった。

「アア……」

舐めると、篠も淫水を漏《も》らしながら喘ぎ、二人とも立っていられないほどガクガクと膝《ひざ》を震わせていた。

やがて彼が舌を引っ込めると、二人も股間を引き離してしゃがみ込み、また湯を浴《あ》びて三人は身体を流した。

もちろん正助は激しく回復し、三人で身体を拭《ふ》くと再び寝所へと戻っていった。

「では、今度はこのように」

「と、殿……、またするのですか。夜の分が……」

「大事ない。夜もしっかりと行なう」

正助は言い、二人を四つん這いにさせ、並んで尻を突き出させた。

千賀と篠も、恐る恐る主君に尻を向け、肌を震わせながら高く持ち上げてきた。

正助は屈《かが》み込み、二人の尻の谷間を交互に舐め、充分に蕾を唾液に濡らした。生々しい匂いもすでに洗い流されてしまい物足りなかったが、二人の羞《は》じらいの風情《ふぜい》が何とも艶《なま》めかしかった。

顔を上げると、正助は左右の人差し指を舐め、それぞれの肛門にゆっくり潜り込ませていった。

「あう……」

二人は呻き、拒《こば》むようにキュッと締め付けてきたが、唾液のヌメリにズブズブと根元まで潜り込んだ。正助は締め付けを感じながら滑らかな粘膜を探り、さらに両の親指を濡れた膣口に押し込んだ。

間のお肉をキュッキュッとつまむと、それは案外薄く、互いの指の動きが伝わってきた。

「アア……、どうか、ご勘弁を……」

二人は白く豊かな尻をクネクネさせ、前後の穴で指を締め付けながら喘いだ。

愛撫《あいぶ》するうち、二人の淫水が溢れ出し、内腿にまで伝い流れてきた。量が多いのも二人はよく似ていた。

正助は充分に指を蠢かせてから引き抜き、まずは篠の腰を抱え、屹立した一物を後ろから膣口に挿入していった。

一気にヌルヌルッと根元まで潜り込ませると、

「ああッ……！」

篠が顔を伏《ふ》せて喘ぎ、濡れた肉壺でキュッと彼自身を締め付けてきた。

彼は股間を密着させ、下腹部に当たる尻の丸みに興奮した。

やはり本手《ほんて》（正常位）とは違い、これが後ろ取り（後背位）の醍醐味《だいごみ》なのだろうと実感した。

正助はズンズンと股間をぶつけるように突き動かし、潜り込んでいた人差し指を嗅ぎ、その微香にも高まった。

肌のぶつかる音に混じり、濡れた粘膜の摩擦音もクチュクチュと淫らに響き、揺《ゆ》れてぶつかるふぐりも淫水にまみれた。

やがて正助は一物を引き抜いて移動し、篠の淫水に濡れた肉棒を千賀の陰戸に後ろから突き入れていった。

「く……！」

千賀も顔を伏せ、尻を振りながら呻いた。根元まで滑らかに潜り込ませると、膣内がキュッキュッと味わうように収縮した。

温もりと感触は微妙に異なり、正助は千賀の尻を抱えて律動し、肉襞のヌメリを心ゆくまで味わった。

しかし、やはり果てるときは二人の表情を見たいので、やがて彼は引き抜き、二人の間に仰向けになっていった。

「では、また上から入れてくれ」

「わ、私はもう先ほどで充分です。動けなくなりますので……」

先ほど激しく気を遣った千賀が尻込みして言った。

「では舐めて濡らして欲しい」

言うと千賀は彼の股間に屈み込み、屹立した亀頭にしゃぶり付き、たっぷりと唾液を出して吸い付き、チロチロと舌をからめてくれた。

やがて充分に高まった正助は、千賀の口を離させ、篠の手を取って股間に跨がらせていった。篠も充分に満足したはずだが、さっきは千賀が控えていたので性急に果ててしまったし、若いぶん何度でも出来そうだった。

篠は千賀の唾液にまみれた先端を、淫水に濡れた陰戸にあてがい、息を詰めてゆっくりと腰を沈み込ませてきた。

たちまち肉棒は、ヌルヌルッと滑らかな襞の摩擦を受けながら根元まで呑《の》み込まれていった。

「く……！」

篠が顔を仰け反らせて喘ぎ、キュッと締め付けながら身を重ねてきた。

正助は抱き留め、添い寝している千賀の顔も一緒に引き寄せた。

「いっぱい唾を……」

小刻《こきざ》みに股間を突き上げはじめながら言うと、篠が喘ぎを堪えながら唾液を溜め、彼の口に吐き出してくれた。横から千賀も、形良い唇をすぼめ、たっぷり溜めた唾液をトロトロと注《そそ》いできた。

正助は混じり合った二人分の生温かな唾液を味わい、適度な粘《ねば》り気と小泡の感触を噛み締め、うっとりと飲み込んだ。

「顔中にも強く……」

股間の突き上げを速めながら言うと、先に千賀が、ためらいながらもペッと吐きかけてくれ、篠も続いて同じようにしてくれた。

甘い花粉臭の刺激の息が顔中を撫《な》でて鼻腔に満ち、生温かな粘液で顔中がヌルヌルになった。

篠も、そうした行為に激しく高まり、淫らに腰を遣《つか》いはじめた。

「舐めて……」

彼が絶頂を迫らせながら言い、二人と交互に舌をからめると、二人とも舌先で彼の鼻の穴から鼻筋、頬から瞼《まぶた》、耳の穴まで舐め回してくれた。

「い、いく……！」

たちまち正助は三度目の絶頂を迎えてしまい、突き上がる快感に口走りながら、ありったけの精汁を勢いよく柔肉の奥にほとばしらせてしまった。

「あう……！」

噴出を感じると同時に篠も呻き、キュッキュッと忙《せわ》しげな収縮とともに、ガクンガクンと狂おしい痙攣を起こして気を遣った。

「く……、締まる……」

正助は蠢く肉襞で揉《も》みくちゃにされながら呻き、最後の一滴まで心置きなく出し尽くし、徐々に突き上げを弱めていった。

「ああ……、こんなに感じたの初めてです……」

篠も満足げに吐息混じりに言い、グッタリと力を抜いて彼に体重を預け、なおもヒクヒクと膣内を震わせた。

正助も刺激され、内部でピクンと一物を跳《は》ね上げ、二人分の唾液と吐息の匂いに包まれながら、うっとりと快感の余韻を味わったのだった。

四

「雪は、どのような子だったのだ?」

閨《ねや》で雪に腕枕されながら、正助は訊《き》いた。すでに彼は全裸になっており、雪も寝巻の前を開き、白い乳房を露わにしていた。

性急にするとすぐ済んでしまうし、ろくに相手のことも知らないまま夫婦というのも変だと思ったので、まずは話をした。

「外へ出たくて仕方がありませんでした」

雪が、か細い声で囁《ささや》いた。もちろん左右の襖《ふすま》の向こうには、千賀や篠が控えているので、聞かれないようにしているのだ。

「そう、部屋でじっとしているのは苦手だったか」

「はい。庭の木に登り、乳母《うば》にたいそう叱《しか》られました」

雪が笑みを洩らして言い、生温かく湿り気ある息が正助の顔を撫でた。それは今日も淡く上品な果実臭を含み、悩ましく甘酸《あまず》っぱい少女の口の匂いが彼の鼻腔を心地よく刺激してきた。

「でも、十五ぐらいからはお花やお茶を習い、ずっと静かにしておりました。殿は、どのようなお子でございましたか」

雪が無邪気《むじゃき》に訊いてきた。

「余は、長く百姓仕事をし、店の奉公人もしていた。働くばかりだったことは聞いているだろう」

「はい。でも、ご苦労なさったから、領民にもお優しいと存じます」

雪が答え、正助も頷《うなず》いた。

「もう立場が違うが、そのうち皆と芝居見物でもしたいものだな」

正助は、雪の息を嗅ぎながら、可憐《かれん》な乳首に指を這わせた。

「本当でございますか。あん……」

雪はビクッと反応して、小さく喘いだ。薄桃色の乳首は、すぐにも刺激にコリコリと硬く突き立って、正助も激しく勃起してきた。

「ああ、余もろくに江戸のことを知らぬからな、一緒にあちこち出るようにしよう」

正助は言い、吸い寄せられるように乳首を含み、舌で転がした。

「う……」

雪が小さく呻き、ビクリと柔肌を震わせた。

彼は柔らかな膨《ふく》らみに顔中を埋め込んで感触を楽しみ、痛くない程度に優しく吸い付いた。

もう片方の乳首も舐め回し、さらに乱れた寝巻に潜り込み、雪の腋の下に鼻を埋め込んだ。

可愛《かわい》らしい和毛《にこげ》がほんのり湿り、湯上がりの香りの中に雪本来の甘ったるい汗の匂いも微《かす》かに感じられ、鼻腔をくすぐってきた。

充分に体臭を嗅いでから、正助は雪の白い首筋を舐め上げ、愛らしい唇に鼻を押しつけた。

「もっと口を開いて」

囁くと、雪が羞じらいながら小さな口を開いた。鼻の頭に歯が当たり、雪はハッと思ったらしく、熱く湿り気ある息を吐きかけてきた。

「ああ、いい匂い……」

「本当ですか……」

思わず甘酸っぱい息を嗅ぎながら言うと、雪がモジモジと答えた。

正助はなおも乳首をいじり、熱く弾む美少女の息で鼻腔を刺激され、激しく勃起していった。

そして唇を重ねて舌をからめ、滑らかな舌触りと、トロリとした清らかな唾液を執拗に味わった。

やがて雪の唾液と吐息にすっかり酔いしれると、口を離して仰向けになった。

「篠に習ったことをしてくれぬか。男がなかなか奮《ふる》い立たぬ時の技を」

「まあ、篠に聞いたのですか……」

「ああ、いろいろしてみてくれ」

言うと、雪が添い寝したまま手を伸ばし、そろそろと一物に触れてきた。

「こんなに奮い立っておりますのに……」

「雪にしてもらいたいのだ」

正助は、彼女の柔らかく生温かな手のひらの中でヒクヒクと幹を震わせて言った。

すると雪は、一物を指でニギニギと無邪気に弄《もてあそ》びながら、そっと顔を上げ、彼の乳首に吸い付いてきた。

「殿方でも、お乳が感じると教わりました」

雪が言い、チロチロと舌を這わせ、熱い息で肌をくすぐってきた。

恐らく篠が、亡夫に教わり、施《ほどこ》してきた愛撫なのだろう。

「なるほど、心地よい」

正助は言い、しばし雪に身を委《ゆだ》ねた。しかし彼女も、乳首を舐めていると指の動きが留守《るす》になるので、ヒクヒク震わせて促すと、また微妙に指を動かしてくれた。

「舐めるのは良いから嚙んでくれぬか」

「大丈夫ですか……」

「ああ、誰にも内緒だ」

言うと、雪は唾液に濡れた彼の乳首を、そっと愛らしい前歯で挟《はさ》んでくれた。

「もっと強く……、ああ、何と心地よい……」

喘ぐと、雪もやや力を込めてキュッキュッと嚙んでくれた。しかも握《にぎ》っている一物が震えるので、本当に彼が悦《よろこ》んでいるのが分かるのだろう。

正助は、甘美な刺激に酔いしれ、左右とも乳首を嚙んでもらった。

「先が、濡れてきました……」

雪が彼の乳首から口を離して言い、指の腹で鈴口を撫でた。

「少しで良い、口で可愛がってくれぬか」

雪の耳に口を付けて囁くと、彼女も小さく頷き、そろそろと布団に潜り込んでいった。そして屹立した肉棒を間近に見つめ、チロリと舌を伸ばして鈴口のヌメリを舐めてくれた。

「く……」

正助は快感に呻き、雪もヌラヌラと舐め回し、張りつめた亀頭をくわえた。

口の中は温かく濡れ、熱い息が恥毛に籠もり、内部でも滑らかな舌が蠢いた。

彼は激しく高まり、唾液にまみれた一物をヒクヒクと震わせ、すっかり絶頂を迫らせてしまった。

しかし雪の口で果てるわけにはいかない。

「もう良い。たいそう心地よかった。またこの次も頼む」

正助は言い、雪を再び引き上げて添い寝させると、今度は彼女の股間に指を這わせていった。

割れ目を探ると、もうそこはネットリとした生温かな蜜汁が溢れていた。

「ああ……」

雪が小さく声を洩らし、クネクネと腰をよじらせた。

正助も布団に潜り込み、本手（正常位）での挿入体勢を取りながらも、その前に屈み込み、彼女の若草に鼻を埋め込んでしまった。

「う……」

雪が声を洩らそうとしたが、何か言えば篠に聞かれると思って息を呑んだ。

正助は、柔らかな恥毛に籠もる生ぬるい湿り気を嗅いだ。湯上がりの匂いと微かな体臭が甘く匂い、さらに彼は舌を這わせ、淡い酸味のヌメリをすすり、膣口から小粒のオサネまで舐め上げてしまった。

「と、殿……」

雪は小さく言い、滑らかな内腿でムッチリと彼の両頰を挟み付けてきた。

正助はチロチロと舐め回し、控えめな雪の味と匂いを心に刻みつけてから、顔を上げ、股間を進めていった。あまり長引くと、堪えきれず大きな声が出てしまうかも知れない。

それでも、互いに股間を舐め合うのは大変な進展だった。

正助は先端を陰戸に擦りつけて位置を定め、ゆっくりと挿入していった。

「あう……」

雪がか細く呻き、そのままヌルヌルッと根元まで受け入れた。

正助も熱く濡れた肉襞の摩擦を味わい、深々と押し込んで股間を密着させた。

温もりと感触を味わいながら身を重ね、彼女の肩に腕を回して耳に口を当てた。

「心地よかっただろう」

「お、恐ろしゅうございます。あのようなこと……」

囁くと、雪が声を震わせて答えた。

「なに、下々のものは皆することだ。また互いに、こっそりとしよう」

「わ、私がするのは構いませんが、殿がお舐めになるのは、どうか……」

「いや、心から雪が好きだから、どうにも舐めたいのだ」

言うと、雪は感激したようにキュッときつく締め付けてきた。

正助は徐々に腰を遣い、ヌメリに合わせて動きを大きくさせていった。

「あ……」

雪が懸命に喘ぎ声を抑《おさ》え、下から両手を回してしがみついてきた。

もう挿入の痛みより、一つになった喜びの方が大きく感じられるようになってきたようだ。

正助は動きを速めながら、上からピッタリと唇を重ね、果実臭の息をうっとり嗅いで、クチュクチュと舌をからみつけた。

「ンン……」

雪も目を閉じ、熱く鼻を鳴らして彼の舌に吸い付き、いつしか無意識に股間を突き上げはじめていた。

律動を速めると、正助はたちまち高まり、そのまま昇り詰めてしまった。

「く……！」

突き上がる快感に呻き、股間をぶつけるように動かしながら、彼はありったけの熱い精汁をドクンドクンと柔肉の奥にほとばしらせた。

「あ、熱い……」

雪も噴出を感じ取って口走り、キュッキュッと心地よく締め付けてくれた。

正助はうっとりと快感を嚙み締め、心ゆくまで出し切ってから、徐々に動きを弱めていった。

そして満足して力を抜き、もたれかかりながら雪の喘ぐ口に鼻を押し込み、甘酸っぱい息を胸いっぱいに嗅ぎながら余韻に浸《ひた》ったのだった。

「アア……」

雪も声を洩らし、強《こわ》ばっていた全身の力を抜いていった。この分なら、通常よりずっと早く、挿入により気を遣ってしまうことだろう。

正助は、まだ息づくような収縮を繰り返す膣内で、ヒクヒクと過敏《かびん》に反応しながら呼吸を整えたのだった……。

五

「殿、ではお支度《したく》を」

「分かった」

家老の征之進に言われ、裃《かみしも》姿で仕度を調《ととの》えた正助は、緊張の面持ちで部屋を出た。

そのまま征之進と一緒に玄関を出て、外に待っている二挺《ちょう》の乗り物に入った。

そして家臣一同の見送りをあとに、二挺の乗り物は僅《わず》かな従者を連れて江戸城へと向かっていった。

今日は、将軍家斉との拝謁《はいえつ》の日だった。

手続きは滞《とどこお》りなく済んでいるが、やはり藩主が交代したとあっては、将軍に相まみえなければならない。

さすがに殿様言葉にも慣れてきた正助だったが、やはり殿上人に会うとなれば胸の内が震え、目眩《めまい》を起こしそうなほどの緊張を覚えた。

母が死に、江戸へ出てきた時を振り出しとすれば、あっという間に賽《さい》の目が変わって良いことずくめとなり、そのうえ将軍に会うまでになってしまったのである。

このような展開を、誰が予想したことだろうか。

いや、亡母はここまで考えていたかも知れない。それでもあえて出自に関しては触れず、全て運命に任せたのだろう。

窓を細めに開けると、商家の連《つら》なりが見え、やけに懐かしく、また自分のいる世界からは遠くに感じられた。もう桜も散って入る風が心地よく、季節は晩春から、初夏を迎えようとしていた。

乗り物に、いくらも揺られないうち城へ着き、内桜田門《うちさくらだもん》の橋のたもとにある下馬所《げばしょ》で乗り物を降りた。

供侍の建物があり、そこで従者は待機、正助と征之進のみ、奥へと入っていった。

城に入ると、二人は白書院《はくしょいん》という豪華な部屋に入れられ、謁見《えっけん》を待った。

襖も天井も煌《きら》びやかな絵が描かれ、上座は一段高くなり、この部屋で何十人暮らせるだろうかと正助は思った。

正助と征之進は、肩衣半袴《かたぎぬはんばかま》という出で立ちで脇差《わきざし》のみ帯びている。

「大殿のおなりである」

やがて待つうちに声がかかり、正助は、征之進に習ったとおり平伏して額《ひたい》を畳に押しつけた。

襖の開く音がし、誰かが上座の座布団に座った。

「生田藩主、生田正助、並びに江戸家老、三浦征之進罷《まか》り越してございます」

お付きの者が言って将軍に確認すると、

「面《おもて》を上げい」

こちらに向かって言われた。

恐る恐る目を上げると、そこに将軍家斉が、絢爛《けんらん》たる衣装で座っていた。このとき五十六歳。

(大奥《おおおく》で、選《よ》り取り見取りなのだろうな……)

真《ま》っ先《さき》に正助が思ったのは、それだった。

何しろ相手は、正助以上に、より多くの子を生《な》すのが職務なのだ。

「生田正助か、大儀である」

「ははッ……」

言われて、正助はまた平伏して答えた。征之進は少し後ろで、さっきからずっと頭を下げているだけだ。

「苦労したようだの。子作りに励《はげ》め」

「はは！」

「これをやろう。近《ちこ》う」

言われて、正助は予想外の展開に、恐る恐るお付きの者を見た。

「大殿様が近うと仰せである。前へ」

「は」

答えて正助は、征之進に教わったばかりの膝行《いざり》で数歩前へ出た。

すると家斉が何か包みを懐中から出し、お付きの者に渡した。それを彼が正助に手渡してくれた。

「頂戴《ちょうだい》つかまつります。有難き幸せ……」

「何か分かるか」

家斉に言われたが、小さな紙の包みだ。中身は粉薬だろうか。

「膃肭臍《オットセイ》の一物を粉にしたものじゃ。余も飲んでおる」

この、徳川将軍の中で最も女好きで多くの子を生し、精力絶倫《ぜつりん》の家斉が愛飲している薬をもらい、正助は捧《ささ》げ持ったまま深々と頭を下げた。

「ははッ……」

包みを乗せた両手を上げたまま、膝行で下がるのは難しいが、何とかやってのけ、元の場所へ戻ると、あらためて平伏した。

「それを飲んで閨で励め」

言うと家斉は立ち上がり、

「殿のお帰りである」

お付きの者が言うと、正助と征之進はまた畳に額をすりつけた。

やがて家斉が静かに去っていくと、二人は別室に招《まね》かれ、茶菓子を振る舞われた。

「ああ、これでつつがなく済み申した」

征之進が肩の荷を下ろしたように言い、熱い茶をすすった。

「失態はなかったか」

「大事ございません。賜《たまわ》り物には驚きましたが」

征之進は言い、正助も懐中に入れた薬袋を上から押さえて頷いた。

そして少し休息したのち、二人は下城することになった。

供侍まで行って乗り物に入り、また藩邸まで戻ってきた。屋敷を出てから戻るまでほぼ一刻半（約三時間）だった。

裃を脱ぐ前に、征之進が自分の部屋に正助を招いて言った。

「そろそろ暖こうなりましたので、国許《くにもと》へお帰り頂きたいのです」

「なに、下総へか」

「はい、お上への届け出は済んでおります。良明様の四十九日に合わせて戻り、国許の藩士に目通りをさせ、また江戸へ」

「左様《さよう》か」

さして遠いところではない。のんびり旅をしても、本陣宿への一泊だけで翌日には到着するだろう。

「あい分かった」

「では、近日中に出立《しゅったつ》の日を取り決めますので」

「それと、一度春日屋へ出向きたいのだが。さんざん世話になったのに、ろくに礼も言えず、慌《あわ》ただしく出てきてしまい心残りとなっておる」

「左様でございますか。神田なら目と鼻の先ですし、当家の女たちの小間物も仕入れておりますので、構いません」

「明日にも行きたいが良いか。藩主という物々しさではなく、気楽な格好で行きたいのだが。春日屋に恐縮されるばかりでは話も出来ぬ」

「なるほど、確かに」

征之進は言い、少し考えた。

「承知いたしました。では、そのように取り計《はか》らいます。そして明日を限りに、百姓町人であった思いを、一切消し去って頂きます」

「良いだろう。それも道理。以後は藩主としてのみ邁進《まいしん》しよう」

「ははっ……」

征之進は平伏し、やがて正助は立ち上がって彼の部屋を出ると、自室に戻って堅苦しい衣装を脱ぎ去ったのだった。

「お帰りなさいませ。謁見はいかがでございましたか」

千賀が来て、着替えを手伝ってくれながら言った。

「なかなかに砕《くだ》けたお人だった。これをくれた」

「何でございましょう」

薬袋を渡して言うと、千賀が小首を傾《かし》げた。

「膃肭臍の一物を粉にした薬だそうな」

「まあ……」

「たいそうに精力が付き、公方《くぼう》様も常用しているらしい」

正助は言ったが、当分は若い肉体と淫気で、そうしたものは必要ないだろう。

あまりにやり過ぎ、衰《おとろ》えたと感じたときのため取っておくのが良いと思った。

「まだ、殿には要《い》らぬものでございましょう」

「ああ、だから要るときまで千賀がしまっておいてくれ」

「承知いたしました」

千賀が言って袂《たもと》にしまった。そして正助も、ようやく着流し姿になって寛《くつろ》いだのだった。

第六章　新たなる淫気《いんき》の旅立ち

一

「ま……、しょ、正助様……！」

いきなり正助が春日屋へ赴《おもむ》くと、タキが目を丸くして声を震《ふる》わせた。

昼過ぎに近くまで乗り物で来て、あとは歩いてきたのだ。

春日屋でゆっくりするので、八つ（午後二時頃）に迎えに来いと従者に言い置いたのである。

衣装も着流しに脇差《わきざし》のみだから、誰も大名とは思わないだろう。

それでも従者は、彼が春日屋に入るまでついてきて、見届けてから安心して引き返していった。

卯吉も他の奉公人たちも大童《おおわらわ》で、座敷に座布団《ざぶとん》を敷《し》き茶菓子を用意した。

「あ、どうか、お店の仕事を続けて下さい。ご無沙汰《ぶさた》の挨拶《あいさつ》だけですので」

正助は、奉公人に戻ったように、正面で深々と平伏している夫婦に言った。

「どうか、お手をお上げ下さい。その節はお世話になりました」

「い、いえ……、桃がお世話になっております。うちの品も、いつもご用命有難う存じます……」

タキが恐縮し、顔を伏《ふ》せたまま言った。

「ええ、桃さんも元気にしております。近いので、本人が帰りたいと言えば、いつでも遊びに来させますので」

正助は笑顔で言い、反物《たんもの》の土産《みやげ》を渡してから茶をすすった。

「もう、お屋敷での暮らしには慣れましたか……」

彼の気さくな態度に、タキも恐る恐る顔を上げて訊《き》いてきた。

「はい、働かずに食べていくのは申し訳ないですが」

「まさか、お屋敷ではそんなお言葉では」

「うむ、余は退屈じゃ、とか言ってますよ。あはは」

正助が笑うとタキもつられて笑い、卯吉がオドオドと肘《ひじ》で小突いた。

やがて、店が立て込んできたようなので、卯吉は叩頭《こうとう》してから店の方へと戻っていった。

正助は立ち上がり、自分が寝起きしていた二畳間を覗《のぞ》いてみた。

「まだ、新たな奉公人は来ていないんです」

タキも来て、がらんとした部屋に一緒に入った。

人が一人寝起きするなら、これぐらいで充分なのにと正助は思った。

そしてタキと二人きりになると、正助は急激に淫気《いんき》を催《もよお》し、彼女に抱きついてしまった。

「あ……」

驚くタキに唇を重ねると、懐かしい白粉《おしろい》臭の息が鼻腔《びこう》を刺激してきた。

お歯黒の歯並びの間に舌を挿《さ》し入れると、強《こわ》ばっていたタキも次第に力を抜き、ネットリと舌をからみつけてくれた。

正助は、自分の最初の女の唾液と吐息を貪《むさぼ》り、滑《なめ》らかに蠢《うごめ》く舌を味わった。

充分に堪能してから唇を離すと、正助はすっかり勃起してしまった。

「無理でしょうか」

「まだ私などをお抱きになりたいですか。でも、ここでは、ちょっと……」

言うと、タキも淫気と興奮に熱い眼差《まなざ》しになって答えた。

「出られますか」

「ええ、それなら……」

彼女が頷《うなず》き、すぐに二人で部屋を出た。

そしてタキは店に行って、適当に小間物を包んだ。

「じゃ、私はお土産をお持ちして若殿をお送りしてくるからね」

卯吉に言い、タキは正助と一緒に玄関から出た。

「本当に、お殿様になっちゃったなんて、今も信じられないわ……」

「私もです」

二人は話しながら足早に歩いた。

そして神田明神の裏手にある待合に入り、二階の部屋に入った。

すぐにも正助が脇差を置いて着物を脱ぎはじめると、タキも忙《せわ》しげに手早く帯を解《ほど》いていった。

たちまち全裸になって正助が横になると、タキも一糸まとわぬ姿になり、添《そ》い寝してきた。

正助は甘えるように腕枕してもらい、豊かに息づく乳房に手を這《は》わせながら、腋《わき》の下に顔を埋《うず》め込んだ。色っぽい腋毛は汗に生ぬるく湿《しめ》り、濃厚に甘ったるい体臭が彼の胸を満たしてきた。

「いい匂い……」

「ああ……、汗臭いでしょう。ずいぶん緊張しているんですよ……」

胸いっぱいに嗅《か》ぎながら言うと、タキも息を弾《はず》ませて小さく言った。

正助は鼻腔を刺激されながら、そろそろと移動し、色づいた乳首にチュッと吸い付いていった。

コリコリと硬くなっている乳首を舌で転がし、柔《やわ》らかな膨《ふく》らみに顔中を埋め込み、もう片方の乳首も指で探った。

「アア……、いい気持ち……、何やら夢のようです……」

タキが顔を仰《の》け反《ぞ》らせて喘《あえ》ぎ、うねうねと熟《う》れ肌を悶《もだ》えさせはじめた。

正助も両の乳首を交互に舐《な》め回し、滑らかな肌を舐め下りていった。形良い臍《へそ》を舐め、張《は》りのある下腹からムッチリと量感ある太腿《ふともも》を舌でたどり、まばらな体毛のある脛《すね》を舐めてから足首に達した。

「お、お待ち下さい……、足はどうか……」

「大丈夫。今は奉公人の正助と思って下さい」

声を震わせるタキに答え、正助は足裏に舌を這わせ、指の股《また》に鼻を割り込ませてしまった。

汗と脂《あぶら》にジットリ湿り、蒸《む》れた匂《にお》いを貪《むさぼ》りながら爪先《つまさき》にしゃぶり付き、順々に指の股に舌を潜《もぐ》り込ませていくと、

「ヒッ……!」

タキは息を呑《の》み、クネクネと激しく腰をよじって身悶えた。

充分に味わってから、もう片方もしゃぶり、新鮮な味と匂いを堪能してから、彼は腹這い、脚の内側を舐め上げていった。

「アア……、どうか、そこは堪忍《かんにん》……」

両膝《ひざ》を開かせようとすると、タキが恐縮して声を上ずらせた。

「開いて下さい。女将《おかみ》さんは初めての女ですし、ここから全て私の運命が変わったので拝《おが》みたいです」

正助は股間から言って彼女を大股開きにさせ、本当に手を合わせて柏手《かしわで》を打った。

「そ、そんな、よして下さい……」

タキが白くムッチリした内腿を震わせて言い、それでも見ると陰唇はネットリとした大量の蜜汁にまみれていた。

正助は顔を埋め込み、柔らかな茂《しげ》みに鼻を擦《す》りつけた。

隅々には、懐かしく悩ましい汗とゆばりの匂いが濃厚に籠《こ》もっていた。

舌を挿し入れ、桃が生まれ出てきた膣口を掻《か》き回し、淡《あわ》い酸味にまみれた襞《ひだ》の感触を味わった。そして柔肉をたどり、ツンと突き立ったオサネを舐め上げ、包皮を剝《む》いてチュッと吸い付いた。

「アアッ……！」

タキが身を弓なりにさせて喘《あえ》ぎ、内腿《うちもも》でキュッと彼の両頰《ほお》を挟《はさ》み付けてきた。

正助はもがく腰を抱《かか》え、執拗《しつよう》にオサネを舐めては溢《あふ》れる淫水をすすり、さらに両脚を浮かせていった。

白く豊かな尻の谷間に鼻を押しつけ、顔中に双丘の丸みを受け止めながら、蕾《つぼみ》に籠もった微香を貪った。舌を這わせ、細かに震える襞を舐め回して濡《ぬ》らし、ヌルッと潜り込ませて粘膜も味わった。

「あう……、い、いけません、汚いから……」

タキは朦朧《もうろう》となって呻《うめ》き、モグモグと肛門で舌先を締め付けてきた。

正助は執拗に舌を蠢《うごめ》かせ、鼻先を濡らす新たな蜜汁を舐め取り、再び陰戸《ほと》に戻っていった。

色づいて光沢を放つオサネにチュッと吸い付くと、

「も、もうどうか堪忍……、いきそう……」

タキが腰をくねらせ、それ以上の愛撫《あいぶ》を拒《こば》んできた。

ようやく正助も味わいつくし、彼女の股間から這い出して再び仰向《あおむ》けになった。

すると察《さつ》したようにタキが身を起こし、今度は大股開きになった彼の股間に腹這い、一物にしゃぶり付いてきた。

一人娘の初物を散らした肉棒をスッポリと呑み込み、熱い鼻息で恥毛をくすぐりながら、上気した頬をすぼめて吸い付いた。口はモグモグと幹を締め付け、内部ではクチュクチュと舌が這い回った。

「ああ……」

正助は、美女の唾液にまみれた一物を震わせながら喘いだ。

タキも夢中になって顔を上下させ、濡れた口でスポスポと摩擦《まさつ》し、いったん引き離してふぐりや肛門も念入りに舐めてくれた。

「く……」

ヌルッと舌が潜り込むと、彼は呻きながらキュッと肛門でタキの舌を締め付けた。

彼女も内部で舌を蠢かせてから引き抜き、もう一度ふぐりを舐めて睾丸を舌で転がし、中央の縫《ぬ》い目を舌先でたどり、肉棒の裏側を舐め上げてきた。

「アア……、い、いきそう……」

亀頭をしゃぶられ、今度は正助が降参する番だった。

口を離させ、タキの手を握《にぎ》って引き上げると、

「う、上は勘弁して下さいませ。若殿様を跨《また》ぐなど……」

彼女が畏《おそ》れ多さに尻込みして言った。

「いや、屋敷で出来ないことをしてもらいたいのです。どうか上から」

正助が言って強引に跨がせ、下から唾液に濡れた先端を陰戸に押し当てると、タキも欲望に負け、ゆっくりと受け入れながら腰を沈めてきた。

二

「ああーッ……、いい……！」

ヌルヌルッと根元まで納め、股間を密着させながらタキが喘いだ。

正助も深々と陰戸に呑み込まれ、股間に美女の重みと温《ぬく》もりを感じながら快感を噛《か》み締めた。

中でヒクヒクと幹を動かすと、タキは上体を起こしていられなくなったように、熟れ肌を重ねてきた。

彼も両手を回して下からしがみつき、僅《わず》かに両膝を立てて太腿や尻の感触も味わった。そして正助が小刻《こきざ》みに股間を突き上げはじめると、タキも合わせて腰を遣《つか》ってくれた。

「アア……、奥まで届くわ……、何て気持ちいい……」

タキが声を上ずらせて喘ぎ、大量の淫水を漏《も》らして動きを滑らかにさせ、クチュクチュと淫《みだ》らな摩擦音を響かせた。

正助が下から唇を求めると、タキも上からピッタリと重ねてくれ、ヌルリと舌を潜り込ませた。彼も執拗にからみつけながら、滴《したた》る生温かな唾液をすすって喉《のど》を潤《うるお》し、甘い吐息に酔いしれた。

「唾《つば》をもっと出して……」

口を合わせたまま囁《ささや》くと、タキもためらいがちながら小泡の多い唾液を溜《た》め、トロリと注《そそ》いでくれた。

正助は適度な粘《ねば》り気を味わい、うっとりと飲み込んだ。

さらに喘ぐ口に鼻を押しつけ、熱く湿り気ある白粉臭の息を胸いっぱいに嗅ぎ、ズンズンと突き上げを激しくさせていった。

「ね、正助と呼んで下さい」

「む、無理です、そんなこと……」

高まりながらせがむと、タキは力なく嫌々をして言った。

「どうか、町人に戻るのも今日が最後ですので。そうだ、呼びかけると同時に、思い切り私の顔に唾を吐《は》きかけて下さい」

「ど、どうか、ご勘弁を……」

「一度きりで良いので、どうか」

正助が動きながら懇願《こんがん》すると、タキも根負けしたように小さく頷《うなず》いた。

「ならば、一度だけですよ。正助……」

言うなり、タキはペッと唾液を吐きかけてくれた。

「アアーッ……！」

その途端、タキはガクンガクンと狂《くる》おしく痙攣《けいれん》し、膣内を収縮させながら気を遣《や》ってしまった。

正助も、甘い息の匂いとともに生温かな唾液の固まりを鼻筋に受け止め、タキの絶頂に巻き込まれるように、大きな快感に貫《つらぬ》かれていた。

「く……！」

突き上がる快感に呻き、熱い大量の精汁をドクンドクンと勢いよく熟れ肉の奥にほとばしらせてしまった。

「あう、もっと……！」

噴出を感じると、タキが口走り、キュッキュッときつく収縮させてきた。

正助は溶《と》けてしまいそうな快感に身悶えながら、最初の女の内部に一滴余さず出し尽くした。

そしてすっかり満足しながら動きを弱めていくと、

「アア……、何て気持ちいい……」

タキも満足げに声を洩《も》らし、熟れ肌の強ばりを解いてグッタリと体重を預けてきたのだった。

まだ膣内が名残惜《なごりお》しげな収縮を繰り返し、刺激されるたび射精直後の一物が過敏《かびん》にヒクヒクと内部で跳《は》ね上がった。

「あうう……、もう堪忍……」

タキが降参するように呻き、キュッときつく締め上げてきた。

正助は彼女の重みと温もりを受け止め、熱く甘い息を間近に感じながら、うっとりと快感の余韻《よいん》を噛み締めたのだった。

やがて重なったまま荒い呼吸を整えると、タキがそろそろと股間を引き離し、身を起こして桜紙で一物を拭《ぬぐ》い清めてくれた。

そして自分の陰戸も処理してから、また横になって少し休息したのだった……。

——待合を出ると、分かれ道に来た正助はタキから土産の荷を受け取った。

「お一人で帰られるのですか？」

「ええ、八つに春日屋へ迎えが来るけど、ここから歩いていきます。途中で迎えと行き会う頃合いだから、そこで乗り物を使いますよ」

「そうですか。では、どうかお身体《からだ》に気をつけて。桃をよろしくお願い致します」

タキは、深々と辞儀をし、春日屋の方へと帰っていった。

正助もそれを見送り、荷を持って湯島方面へと足を向けた。

大店《おおだな》が建ち並ぶ通りを抜けると、少し静かな場所に出た。天神様の境内《けいだい》が近いが、それでも行き交う人はまばらである。

と、そのとき正助はいきなり三人の男たちに声をかけられ、たちまち取り囲まれてしまった。

「おう、サンピン。いい脇差じゃねえか。それと財布を置いてゆけよ」

見るからに破落戸《ごろつき》といった三人で、懐中には匕首《あいくち》も呑んでいるようだ。

「財布はないが、いま迎えが来た」

「なに」

正助が言って向こうに目を遣ると、三人も振り返った。

乗り物が近づいてきて、先頭にいた若侍たちが正助に気づくや、急いで駆《か》け寄ってきた。

「殿！　どうなさいました」

数人の武士が鯉口《こいぐち》を切りながら迫《せま》ってきたので、三人は立ちすくんだ。

「と、殿……？」

三人は豪華な乗り物と正助の顔を見比べながら、目を白黒させた。

「この者たちはお知り合いですか」

「いや、財布を出せと言い寄られていたのだ」

正助がいうなり、若侍たちは三人を睨《にら》み付けた。

「貴様ら！　当藩に喧嘩《けんか》を売る気か！」

「め、滅相《めっそう》も……」

三人は青ざめ、その場に平伏した。

「お見それいたしやした。どうかご勘弁を……」

三人は額《ひたい》を地に擦りつけて謝った。若くて頼りなさそうな武士が、あまりの大物だったので面食らっているようだ。

まあ、藩主が一人で歩いているなど誰も思わないだろう。

とにかくこれで正助は、独《ひと》り歩きは許されなくなってしまったと観念した。

「殿、成敗《せいばい》しますか」

若侍が、今にも抜刀しそうな勢いで言った。

「構うな、捨て置け」

正助は言い、傍《かたわ》らに停まった乗り物に入った。屋根を下ろして戸を閉めると、すぐにも動き出した。

簾《すだれ》の隙間《すきま》から窺《うかが》うと、平伏した三人はズズッと端まで下がって道を空け、乗り物が見えなくなるまで身を縮《ちぢ》めていた。

命拾いしたが、それほどの恐怖は感じなかった。

それでなくても、ここ最近の展開に頭がついてゆかず、ずっと夢でも見ているような心地なのだ。

それよりも正助は、藩邸に着く僅かの間に、タキの熟れ肌の味や匂いを思い出し、余韻に浸《ひた》ったのであった。

三

「今日、おタキさんに会ってきた」

「まあ、左様《さよう》でございましたか」

桃を部屋に呼んで、正助はタキからの土産を見せ、先に良い品を選ばせた。余りの紅《べに》白粉は、千賀や篠にやれば良いだろう。

「二畳間にも入ったが、懐かしかった」

「まあ、あんな狭《せま》いお部屋に」

桃も、まだ僅かの間なのに、春日屋を思い出すような眼差しで言った。

もちろん正助は、桃を見るなりムクムクと勃起してしまった。母親を抱き、すぐあとに娘を、というのも禁断の興奮が湧《わ》くのだ。

もちろんタキと違って、桃は正助と自分の母親が関係していたことは夢にも思わないだろう。

正助は桃を隣室の寝所に招《まね》き、すぐにも帯を解いて着物を脱ぎはじめた。

桃も心得、手早く脱ぎ、たちまち二人は一糸まとわぬ姿になっていった。

まだ懐妊の兆《きざ》しはないが、せっかく桃は挿入による快楽に目覚めたばかりなのだから、もうしばらくは味わっていたかった。

そのうちに桃か雪、あるいは千賀か篠が孕《はら》んでくれるだろう。

あるいは国許《くにもと》へ帰った折り、見目麗《うるわ》しい下総の女を側室として江戸へ連れて来ても良い。

藩政も安定しているし、国許の作物も豊富なようだから、当面正助は情交のことだけ考えていれば良いのである。

何とも、贅沢《ぜいたく》なことであり、母をはじめ働きづめだった暮らしを思うと罰《ばち》が当たりそうだった。

とにかく桃を仰向けにさせ、正助は足首を摑《つか》んで浮かせ、足裏から舐めはじめてしまった。

「あん……、またそのようなところを……」

桃はビクッと足を震わせて言ったが、奉公人を虐《しいた》げていたお嬢様の頃の思いも重なると、実に濡れるのが早いのだった。

指の股の蒸れた匂いを貪り、正助は両足とも念入りに爪先を味わった。そして腹這いになって脚の内側を舐め上げ、熱気の籠もる股間に顔を寄せていった。

「アア……!」

大股開きにされ、桃が顔を仰け反らせて喘いだ。

正助はムッチリとした内腿を舐め、陰戸に目を向けた。

丸みを帯びた割れ目からは桃色の花びらがはみ出し、指で広げると襞の入り組む膣口がキュッと収縮した。

蜜汁が溢れ、光沢を放つオサネが突き立ち、何とも美味《おい》しそうだった。

正助は顔を埋め込み、柔らかな若草に鼻を擦りつけ、汗とゆばりの混じった匂いで鼻腔を満たした。

体臭も、どことなくタキに似て甘みが強く、舌を這わせると淡い酸味の蜜汁が動きを滑らかにさせた。

ヌメリをすすってオサネを舐め回すと、桃の内腿が彼の顔を挟み付けてきた。

「あう……、と、殿……」

桃は譫言《うわごと》のように呻き、すぐにも快楽に夢中になって腰をくねらせた。

正助は執拗にオサネを舐め、さらに腰を浮かせ、愛らしい尻の谷間にも顔を押しつけていった。可憐《かれん》な薄桃色の蕾に鼻を埋め、秘《ひ》めやかな微香を嗅いでからチロチロと舌先でくすぐった。

「く……！」

桃は息を詰《つ》めて呻き、さらにヌルッと潜り込ませた舌先をキュッと肛門で締め付けてきた。

正助は舌を出し入れさせるように動かしてから、再び陰戸に戻り、大量に溢れている蜜汁を舐め取ってからオサネに吸い付いた。

「も、もう堪忍……」

桃がか細く言い、腰をよじった。

正助は股間から這い出し、仰向けになりながら彼女の顔を一物へと押しやった。

桃も息を弾ませながら懸命に移動し、熱い呼吸を股間に籠もらせながら亀頭にしゃぶり付いてきた。

念入りに鈴口を舐め回し、丸く開いた口でスッポリと根元まで呑み込み、ついさき母親の陰戸に入ったことも知らずに頬をすぼめて吸い付いた。

「ああ……」

正助は快感に喘ぎ、美少女の清らかな唾液に生温かくまみれた幹を、濡れた口の中でヒクヒクと震わせた。桃も念入りに舌をからめ、さらにスポンと口を引き離して、ふぐりも舐め回してくれた。

二つの睾丸を舌で転がし、袋全体が唾液に濡れると、正助は自ら両脚を浮かせて抱えた。もちろん桃も厭《いと》わずチロチロと舌を這わせてから、ヌルリと肛門に潜り込ませてくれた。

正助もモグモグと締め付け、前も後ろも愛撫されてすっかり高まった。

「じゃ、こうして」

彼は身を起こして言い、桃を四つん這いにさせた。突き出した尻の方から両膝を立てて迫り、後ろから先端を膣口に押し込んでいった。

「アアッ……!」

ヌルヌルッと一気に根元まで挿入すると、桃が白い背中を反らせて喘いだ。

正助も心地よい摩擦に酔いしれ、桃の尻に股間を密着させ、締め付けと弾力を味わった。

彼は腰を抱え、温もりと感触を嚙み締めながら腰を前後に動かしはじめた。

溢れる淫水がクチュクチュと鳴り、ふぐりから内腿にまで伝い流れた。

正助は彼女の背に覆《おお》いかぶさり、両脇から回した手で柔らかな乳房を揉《も》みながら律動を続けた。

そして髪の匂いを嗅ぎ、耳の裏からうなじまで舐め回した。

ただ喘ぐ顔が見たいし、唾液と吐息を得ながら果てたいので、正助は充分に高まったところで動きを止めた。

「今度は横向きに」

囁くと、桃が挿入されたままゆっくりと横向きになっていった。

正助も、締まりの良さとヌメリで押し出されぬよう股間を密着させながら、彼女の下になった脚に跨がった。

後ろ取りから松葉《まつば》くずしに移行し、彼は大股開きにさせた桃の上の脚に両手でしがみつき、なおも腰を突き動かした。互いの股が交差したので、密着感が高まり、内腿の感触も伝わった。

「ああ……、変な感じが……」

桃が艶《なま》めかしい表情で喘ぎ、ぎこちなく腰を動かした。

さらに正助は、繋《つな》がったまま彼女を仰向けにしてゆき、本手《ほんて》（正常位）まで持っていった。

身を重ね、ようやく身体の前面同士を合わせた。

正助は屈《かが》み込み、薄桃色の乳首を舐め回し、柔らかな膨らみに顔中を押しつけて感触を味わった。

もう片方も含んで吸い付き、さらに腋の下にも顔を埋めて、和毛《にこげ》に籠もる甘ったるい汗の匂いを嗅ぎながら腰を遣った。

「アア……、殿……、いい気持ち……」

桃も夢中になって言い、下から両手でしがみついてきた。

正助は体重を預け、胸の下で押し潰れて弾む乳房と、擦れ合う恥毛、コリコリする恥骨の膨らみを感じながら高まっていった。

首筋を舐め上げて喘ぐ口に鼻を押し込み、熱く湿り気ある、甘酸《あまず》っぱい息の匂いを胸いっぱいに嗅ぐと、その刺激が直《じか》に一物に伝わっていった。

彼は美少女の悩ましい息の匂いに酔いしれ、唇を重ねて舌をからめた。

生温かくトロリとした唾液をすすり、いつしか股間をぶつけるように激しく突き動かし、たちまち正助は昇り詰めてしまった。

「く……！」

突き上がる絶頂の快感に呻き、ありったけの熱い精汁を勢いよくドクンドクンと内部にほとばしらせた。

「ああッ……、いい……！」

噴出を受けると同時に、桃も声を洩らしヒクヒクと痙攣して気を遣った。

正助は、膣内の心地よい収縮の渦《うず》に巻き込まれながら、心ゆくまで精汁を出し切った。そして徐々に動きを弱めながら桃のかぐわしい口に鼻を擦りつけ、唾液と吐息の匂いを貪り続けた。

「アア……」

桃も、何度かビクッと仰け反りながら甘く喘ぎ、キュッキュッと膣内を締め付け、次第にグッタリとなっていった。

やがて正助は、すっかり満足して動きを止め、ほんのり汗ばんで息づく桃の肌に身を預けた。

桃はすっかり一人前の快楽を覚え、思い出したように膣内を締め付け、荒い呼吸を震わせていた。正助も激しい息遣いを繰り返し、うっとりと余韻を味わったのだった。

四

「いよいよ明日は、お国許への出立ですね」

「しばらくの間、寂《さび》しゅうございます」

翌日の昼間、千賀と篠が正助の寝所に来て言った。

もちろん出女《でおんな》は固く戒《いまし》められているので、下総へ出向くのは正助をはじめ、男の藩士たちだけだ。

もう、途中船橋《ふなばし》で一泊する陣屋敷の手配も済んだようだし、長い滞在ではないので急遽《きゅうきょ》明日となってしまったのだ。

「ああ、稲毛村の母の墓にも行きたいし、懐かしい風に吹かれてくる」

正助は答え、明日からしばらく情交出来ないので、二人を前にして激しい淫気を催してきた。

もっとも国許へ行けば、国家老が側室の候補ぐらい手配してくれるだろう。我慢するのは明日明後日の道中ぐらいのものだった。

千賀は江戸屋敷で生まれ育ったので、国許へは一度も行っていない。

「春日屋の紅白粉をお土産にすれば、お国許の女たちに喜ばれますよ」

「うん、あちらにも、お前たちのような美女がいるだろうか」

「まあ……」

千賀も篠も、話すうち彼の淫気が伝わったようだった。

この前は薙刀《なぎなた》対決をした二人も、今はすっかり打ち解けて姉妹のように仲が良く、また三人で戯《たわむ》れることも嫌ではないようだった。

正助が立ち上がると、すぐ千賀が手伝って脱がせてくれ、その間に篠も自分の帯を解きはじめた。

全裸になった彼が布団に仰向けになると、たちまち一糸まとわぬ姿になった二人も左右から添い寝してきた。

「今日はどのように？　夜は雪様とお過ごしになるのですから、あまりお疲れになりませんように」

千賀が耳元で囁き、篠も反対側から耳に口を押しつけてきた。

「二人で舐めて欲しい。全て」

「こうでございますか……」

言うと、千賀が彼の右の耳の穴を舐め回し、すかさず篠も反対側に同じようにしてきた。熱い息が左右から吐きかけられ、舌先が耳の穴に潜り込むと、聞こえるのはクチュクチュいう唾液のヌメリだけ、まるで頭の内側まで舐められているような気になった。

二人は申し合わせたように舌を蠢かせ、彼の耳たぶにも吸い付き、そっと歯を立ててくれた。

「ああ……、もっと強く……」

正助が言うと、二人は痛くない程度に彼の耳たぶを噛んでくれ、さらに首筋を舐め下り、左右の乳首に吸い付いてきた。

両の乳首にそれぞれの舌が這い、熱い息が肌をくすぐった。

さらに正助が好むのを知っているので、二人は唾液に濡れた乳首をそっと前歯で挟み、キュッキュッと軽く刺激してくれた。

「あう……、もっと……」

せがんでも、やはり強くは噛んでくれないが、それでも綺麗《きれい》な歯並びの刺激は甘美で、屹立《きつりつ》した一物がヒクヒクと歓喜に震えていた。

充分に愛撫してから、二人はピッタリと合った息で彼の肌を下降していった。

脇腹を舐め下り、時にそっと歯を立て、交互に臍を舐め、腰から太腿を舌でたどっていった。

そして日頃正助がしているように、二人は彼の足首を摑んで浮かせ、足裏から爪先までしゃぶってくれたのだ。

「く……」

それぞれの指の股に舌が割り込んでくると、正助はゾクリと震えが走るような快感に呻いた。

左右の爪先は、美女の口に入って唾液にまみれ、まるで生温かなヌカルミにでも入っているような心地だった。

さらに指を舐め尽くした千賀が、彼の足裏を乳房に押しつけてきたのだ。

コリコリする乳首が土踏まずに押しつけられ、柔らかな膨らみ全体が心地よく足裏に密着した。

「ああ……」

「心地よいですか」

正助が喘ぐと、篠も同じようにしてくれ、彼は両の足裏で美女たちの乳房を踏みしめている感覚に酔いしれた。

そして二人は彼の脚を下ろして開かせ、内腿を舐め上げ、股間で熱い息を混じらせてきた。先に二人は頬を寄せ合ってふぐりを舐め回し、二つの睾丸を舌で転がしてくれた。

やはり二人分なので快楽も倍あり、正助は鈴口から粘液を滲《にじ》ませて悶えた。

脚を浮かせ、二人は交互に彼の肛門を舐め、ヌルッと舌を挿し入れてきた。

「あう……、何と良い……」

正助は妖《あや》しい快感に呻き、交互に潜り込む舌を肛門でモグモグと味わった。

一物も内側から刺激され、ヒクヒクと上下した。

二人は、微妙に異なる感触と温もりで舌を使い、ようやく彼の脚を下ろし、一緒に肉棒を舐め上げてきた。

同時に先端に達すると、二人は鈴口から滲む粘液を舐め取り、一緒に亀頭にしゃぶり付いてきた。

それぞれの舌が執拗にからみつくと、何やら美女同士の口吸いの間に一物が割り込んでいるようだった。そして交互に一物が深々と含まれ、強く吸いながらスポンと離れると、もう一人がすかさず呑み込んできた。

「アア……」

代わる代わるしゃぶられ、正助は絶頂を迫らせて喘いだ。

「も、もう良い。今度は余が舐める……」

暴発してしまう前に言うと、二人も口を離し顔を上げた。

「では二人立って、足を余の顔に」

「まあ……、またそのようなことを……」

「何日も会えぬのだから、今日は何も言わず願いを叶《かな》えてくれ」

言うと二人は顔を見合わせ、駄々《だだ》っ子を持て余すように小さく頷いた。

やがて二人は立ち上がり、正助の顔の左右に立った。そして互いの身体を支え合いながら、片方の足を浮かせ、そっと同時に彼の顔に乗せてきた。

普通なら決して出来ないことだろうが、二人ともすっかり彼の性癖《せいへき》の影響を受け、雪に求められては困ることを、二人がしてくれているのだった。

正助は下から美女二人の足裏を舐め、それぞれの指の股に籠もったムレムレの匂いを貪り、汗と脂の湿り気をしゃぶった。

「ああン……」

篠が喘ぎ、千賀にしがみついた。千賀も熱く息を弾ませ、正助の口の中で唾液に濡れた爪先を縮めた。

足を交代させ、正助はそちらの新鮮な味と匂いも貪った。

そして先に篠を跨がらせ、顔にしゃがみ込ませた。白い脚がムッチリと張りつめ、すでに熱く濡れている陰戸が鼻先に迫った。

恥毛の下の方が雫《しずく》を宿し、腰を抱き寄せて顔を埋めると、柔らかな茂みの隅々には甘ったるい汗の匂いが濃厚に籠もっていた。

悩ましい残尿臭も鼻腔を掻き回し、舌を這わせるとトロリとした淡い酸味の蜜汁が流れ込んできた。

彼は膣口の襞をクチュクチュと掻き回し、ツンと突き立ったオサネまで舐め上げ、もちろん尻の真下にも顔を潜り込ませていった。

蕾に籠もる微香を嗅ぎ、舌を這わせ、内部にも潜り込ませて粘膜を味わい、篠の前と後ろを存分に堪能した。

「ああ……、どうか、もう……」

篠が喘ぎ、座り込みそうなほど力が抜けてきたようだ。

そこで股間を引き離し、交代して千賀も同じように跨がってきた。

彼女も、篠に負けぬほど大量の淫水を漏らし、悩ましく濃い体臭を股間に籠もらせていた。

正助は腰を抱き寄せ、茂みに鼻を埋めて汗とゆばりの匂いを嗅ぎ、舌を這わせて蜜汁をすすった。そして膣口からオサネまで味わってから、やはり尻の谷間に鼻を埋め込み、生々しい微香を嗅いで舌を這わせた。

どちらも似ているが、やはり微妙に異なる味と匂いだった。

「では、入れたい。千賀から茶臼《ちやうす》で頼む」

正助が舌を引っ込めて言うと、千賀が顔から離れ、先に一物に跨がってきた。

先端を膣口にあてがい、息を詰めてゆっくりと腰を沈み込ませた。たちまち肉棒が、ヌルヌルッと滑らかに根元まで呑み込まれてゆき、千賀が完全に座り込んで股間を密着させてきた。

「あう……！」

千賀が顔を仰け反らせて呻き、熱く濡れた膣内でキュッと締め付けてきた。

正助も肉襞の摩擦と締め付けを味わい、彼女を抱き寄せて乳首に吸い付いた。膨らみを顔中に受け止めて乳首を舌で転がし、甘ったるい体臭に包まれながらズンズンと股間を突き上げると、

「と、殿……！」

千賀はすぐにも気を遣ってしまったように口走り、ヒクヒクと肌を震わせて狂おしく身悶えた。

淫水も粗相したように溢れ、膣内の収縮も最高潮になった。

「し、篠さん……、お願い、代わって……」

千賀が息も絶えだえになって助けを求めると、篠が手伝い、過敏になった肌を正助から引き離した。そして添い寝させると、すかさず篠が跨がり、千賀の淫水にまみれた一物を受け入れていった。

「アア……！」

篠も深々と貫かれながら喘ぎ、すぐにも身を重ねてきた。

正助は、温もりと感触を味わいながら篠を抱き寄せ、同じように左右の乳首を交互に舐め回し、甘ったるい体臭に酔いしれた。

そして下から抱き寄せ、篠に唇を重ねながら、横にいる千賀の顔も引き寄せた。

千賀も一緒になって唇を重ね、三人でネットリと舌をからめた。

「ンン……」

篠が高まりの中で、千賀が余韻の中で熱く息を弾ませ、生温かく清らかな唾液を混じらせて彼の口に注ぎ込んでくれた。

正助も篠の陰戸に股間を突き上げ、心地よい摩擦に高まりながら、二人分の唾液でうっとりと喉を潤した。

千賀の甘い息が右の鼻の穴から、篠の花粉臭の息が左の鼻の穴から侵入し、内部で甘美に混じり合い、悩ましい刺激が胸に沁《し》み込んでいった。

正助は二人分の唾液と吐息に高まり、股間の突き上げを速めていった。

「顔中、濡らしてくれ……」

絶頂を迫らせて言うと、二人は彼の顔中に舌を這わせ、生温かな唾液でヌルヌルにまみれさせてくれた。

「い、いく……！」

たちまち正助は大きな絶頂の快感に突き上げられて呻き、ありったけの熱い精汁をドクンドクンと大量に篠の内部にほとばしらせてしまった。

「あ、熱い……、何て、いい……！」

篠も噴出を受け止めて思わず口走り、キュッキュッと膣内を収縮させながら気を遣った。

正助も快感に身悶え、最後の一滴まで出し尽くして動きを弱めていった。

そして篠と千賀の息を嗅ぎながら余韻に浸り、すっかり満足して身を投げ出したのだった。

「ああ……」

篠も満足げに声を洩らし、グッタリと力を抜いて、まだヒクヒクと膣内を締め付けていた。正助も刺激で過敏に幹を跳ね上げ、二人の温もりに包まれて荒い呼吸を繰り返した。

これで、しばらく二人とは出来ないが、当分は寂しくないほど、充分すぎるような満足があった。

二人も、それは同じ気持ちでいることだろう。

何やら、すっかり千賀と篠は二人で一人のようになってしまったが、江戸へ戻ってきたら、それぞれ一人ずつと別個にしようと、早くも正助は、そのようなことを思っていた。

三人での戯れは、確かに贅沢で快楽も大きいが、やはり淫靡《いんび》な悦《よろこ》びは二人きりの密室に限る。戻ったら、それぞれを念入りに愛《め》でようと正助は思うのだった。

五

「いよいよ明朝は出立でございますね」

雪が寝床《ねどこ》で、小さく正助に言った。

「ああ、しばらく会えぬから、朝まで一緒にいてくれるか」

「はい……」

囁くと、雪は嬉《うれ》しげに頷いた。それは千賀や篠にも言ってあるから、事が済んだあと引き離されることもない。

明朝も、それほど早い出立ではなかった。夕刻までに船橋の本陣宿まで行けば良いのだから、ゆっくり朝餉《あさげ》を済ませ、仕度《したく》を調《ととの》えてからで大丈夫だ。

正助は寝巻を脱ぎ去って全裸になり、雪の帯も解いて引き抜き、寝巻の前を開かせて白い乳房を露《あら》わにした。

そして指を這わせ、柔らかな膨らみを優しく揉み、乳首をいじりながら唇を重ねていった。柔らかく密着する感触と唾液の湿り気、生温かく甘酸っぱい息の匂いを味わった。

「ンン……」

指の腹で乳首を刺激すると、雪が長い睫毛《まつげ》を伏せて、熱く鼻を鳴らした。

舌を挿し入れ、滑らかな歯並びをたどり、怖《お》ず怖《お》ずと開かれた口の中に潜り込ませてネットリと舌をからめた。

雪の舌は今日も滑らかに蠢き、生温かく清らかな唾液に濡れていた。

正助はチロチロと執拗に舐め回して可憐な感触を味わい、湿った果実臭の吐息に酔いしれた。

やがて彼は口を離して仰向けになり、雪の顔を上にさせて再び唇を求めた。

「唾を、沢山《たくさん》注いでくれ」

「汚《きたの》うございます……」

「飲みたい。頼む」

囁いて唇を重ねると、雪も懸命に唾液を分泌させ、やがてトロトロと口移しに注ぎ込んでくれた。

正助は生温かく小泡の多い粘液を味わい、うっとりと飲み込んで喉を潤した。

そして充分に雪の唾液と吐息を味わうと、顔を下方へ押しやり、乳首を舐めてもらった。

「噛んで……」

囁くと、雪も軽く歯を当ててくれた。さらに股間へ移動させると、雪も布団に潜り込み、熱い息で肌をくすぐりながら、とうとう亀頭にしゃぶり付いてくれた。

股間に息が籠もり、生温かく濡れた口の中で幹が震え、雪も丁寧《ていねい》に舌を動かして清らかな唾液に濡らしてくれた。

前の時より長く口でしてもらい、充分に高まると正助は口を離させ、再び彼女を引き上げて添い寝させた。そして今度は自分が彼女の胸に顔を埋め、柔らかな感触を味わいながら乳首を吸い、舌で転がした。

「く……」

雪が感じて小さく呻き、正助は左右とも乳首を味わってから腋の下にも顔を埋め、和毛に籠もった淡く甘い体臭を嗅いだ。

やがて白く滑らかな肌を舐め下りながら布団に潜り込み、愛らしい臍を舐め、雪の股間に顔を押しつけていった。

「あ……」

雪も予想していたようだが、前より激しい密着なので、思わず声を洩らし、内腿でキュッと彼の両頬を挟み付けてきた。

正助は恥毛に籠もった湯上がりの匂いを貪り、中に含まれる雪本来の甘ったるい体臭を探った。舌を這わせると、すでに陰唇の外にまで蜜汁が溢れはじめ、淡い酸味のヌメリが伝わってきた。

舌を挿し入れ、襞の入り組む膣口をクチュクチュと探り、オサネまで舐め上げていくと、

「あう……」

雪が小さく喘ぎ、内腿に力を込め、ヒクヒクと下腹を波打たせた。

さらに正助は彼女の腰を浮かせ、尻の谷間にも舌を這わせ、震える蕾を舐め回してヌルッと内部にも潜り込ませて粘膜を味わった。

「と、殿……」

雪がか細く言って息を弾ませ、肛門で舌先を締め付けてきた。

充分に舌を動かしてから再び陰戸に戻り、ヌメリをすすってオサネをチロチロ舐めると、

「どうか、もう……」

降参するように雪が腰をよじって言った。

ようやく味わい尽くして気が済むと、正助はそのまま身を起こし、屹立した肉棒を進めていった。

先端を押し当て、ヌメリを与えるように擦りつけて位置を定めた。

彼女も身構えるように緊張したが、もう挿入の痛みや出血もなく、今は一つになるときめきの方を多く感じているようだった。

正助がゆっくり押し込んでいくと、張りつめた亀頭が潜り込み、あとは潤いに任せてヌルヌルッと滑らかに根元まで貫いていった。

「く……」

雪がビクッと肌を震わせて呻き、正助は股間を密着させ、脚を伸ばして身を重ねていった。

彼女も両手を回してしがみつき、熱く濡れた陰戸でキュッと締め付けてきた。

正助は雪の肩に手を回して肌を合わせ、温もりと感触を嚙み締めた。

「もう痛くはないか」

「はい、とても心地ようございます……」

囁くと、雪も息を弾ませて小さく答え、嘘《うそ》でないようにキュッキュッと締め付けてきた。

正助も徐々に腰を突き動かし、何とも心地よい、濡れた肉襞の摩擦に包まれた。

そして上から唇を重ねて舌をからめ、律動を速めていった。

「アア……」

雪が息苦しそうに口を離して仰け反り、か細い声で喘いだ。

正助は彼女の口に鼻を押し込み、湿り気ある甘酸っぱい息を嗅ぎ、急激に高まっていった。

「ああ、何と可愛《かわい》い……」

正助は思わず呟《つぶや》いた。互いに運命に流されて巡《めぐ》り会えた二人だが、今このときは他の誰より愛しく思えたものだ。

そして大きな絶頂の快感に全身を貫かれ、彼は熱い大量の精汁をドクンドクンと勢いよく雪の内部に注入した。

「あ……、と、殿……！」

噴出を感じると同時に雪が息を呑み、強ばった全身を反り返らせてガクガクと狂おしい痙攣を起こしたではないか。どうやら雪は、桃に匹敵するぐらい早く挿入快感に目覚め、気を遣ってしまったようだった。

正助は悦び、収縮の中で心置きなく最後の一滴まで精汁を出し尽くし、満足しながら徐々に動きを弱めていった。

まだ膣内の収縮は続き、雪は息も絶えだえとなりながらヒクヒクと身を震わせていた。正助は締め付けの中で過敏に幹を跳ね上げ、かぐわしい果実臭の息で鼻腔を満たしながら、うっとりと余韻を味わったのだった。

正助は呼吸を整え、そろそろと股間を引き離して仰向けになった。

すると雪が初めての絶頂にもかかわらず懸命に身を起こし、懐紙で互いの股間を処理し、寝巻を整えて再び添い寝してきた。

「殿……、今のは……」

「気を遣ったのだろう。次からは、もっと良くなる」

正助は答えながら掻巻《かいまき》を掛け、身を寄せながら眠りに就くことにした。

雪も、精根尽き果てたようにすぐにも軽《かろ》やかな寝息を立て、正助もウトウトした。

すると、春日屋の二畳間で寝ている夢を見た。
すぐにハッと目を覚ますと、隣では雪が眠っていた。
正助は今と昔と、どちらが夢か分からなくなり、小さく嘆息《たんそく》した。
（明日は下総か……。おっかさん、いや母上、会いに参ります……）
彼は思い、今度こそ本格的に深い睡《ねむ》りに落ちていったのだった……。

蜜双六

一〇〇字書評

切り取り線

購買動機（新聞、雑誌名を記入するか、あるいは○をつけてください）	
□（　　　　　　　　　　　）の広告を見て	
□（　　　　　　　　　　　）の書評を見て	
□ 知人のすすめで	□ タイトルに惹かれて
□ カバーが良かったから	□ 内容が面白そうだから
□ 好きな作家だから	□ 好きな分野の本だから

・最近、最も感銘を受けた作品名をお書き下さい

・あなたのお好きな作家名をお書き下さい

・その他、ご要望がありましたらお書き下さい

住所	〒				
氏名		職業		年齢	
Eメール	※携帯には配信できません		新刊情報等のメール配信を 希望する・しない		

この本の感想を、編集部までお寄せいただけたらありがたく存じます。今後の企画の参考にさせていただきます。Eメールでも結構です。

いただいた「一〇〇字書評」は、新聞・雑誌等に紹介させていただくことがあります。その場合はお礼として特製図書カードを差し上げます。

前ページの原稿用紙に書評をお書きの上、切り取り、左記までお送り下さい。宛先の住所は不要です。

なお、ご記入いただいたお名前、ご住所等は、書評紹介の事前了解、謝礼のお届けのためだけに利用し、そのほかの目的のために利用することはありません。

〒一〇一 - 八七〇一
祥伝社文庫編集長　坂口芳和
電話　〇三（三二六五）二〇八〇

祥伝社ホームページの「ブックレビュー」からも、書き込めます。

http://www.shodensha.co.jp/bookreview/

祥伝社文庫

蜜双六《みつすごろく》

平成26年3月20日　初版第1刷発行

著　者　睦月影郎《むつきかげろう》
発行者　竹内和芳
発行所　祥伝社《しょうでんしゃ》
東京都千代田区神田神保町3-3
〒101-8701
電話　03（3265）2081（販売部）
電話　03（3265）2080（編集部）
電話　03（3265）3622（業務部）
http://www.shodensha.co.jp/

印刷所　萩原印刷
製本所　ナショナル製本
カバーフォーマットデザイン　中原達治

Printed in Japan ©2014, Kagerou Mutsuki ISBN978-4-396-34025-4 C0193

祥伝社文庫　今月の新刊

森村誠一
死刑台の舞踏
刑事となった、かつてのいじめ被害者が暴く真相は——。

南　英男
組長殺し　警視庁迷宮捜査班
ヤクザ、高級官僚をものともしない刑事の意地を見よ。

草凪　優
女が嫌いな女が、男は好き
可愛くて、身体の相性は抜群の女に惚れた男の一途とは!?

鳥羽　亮
殺鬼《さっき》に候《そうろう》　首斬り雲十郎
雲十郎の秘剣を破る、刺客現る！　三ヵ月連続刊行第二弾。

辻堂　魁
乱雲の城　風の市兵衛
敵は城中にあり！　目付の兄を救うため、市兵衛、奔る。

岡本さとる
手習い師匠　取次屋栄三
これぞ天下一品の両成敗！　栄三が教えりゃ子供が笑う。

風野真知雄
喧嘩旗本　勝小吉事件帖　**どうせおいらは座敷牢**
座敷牢から難問珍問を即解決。勝海舟の父・小吉が大活躍。

睦月影郎
蜜双六《みつすごろく》
豪華絢爛な美女、弄《もてあそ》び放題。極上の奉仕を味わい尽くす。